中公文庫

余白の愛

小川洋子

中央公論新社

余白の愛

1

わたしが初めてYと会ったのは、F耳鼻咽喉科病院の裏手にある、古いホテルの小部屋だった。

そのホテルはとある侯爵のお屋敷を改装したもので、建築学のうえでは貴重な様式の建物らしかったが、ホテルとしてはさほどにぎわっていなかった。二十にも満たない客室と、レストランとバー、あとは離れに侯爵のコレクションを展示した、ささやかな美術館があるだけだった。

耳を病んでF耳鼻咽喉科病院に入院している間、病室の窓からマロニエ越しに、ホテルの車寄せをよくぼんやり眺めていたが、そこに車が横付けされることは一日数えるほどしかなかった。手持ち無沙汰のドアボーイが奥へ引っ込んでしまうと、そこはいつも礼拝がすんだあとの教会のように静まりかえっていた。

F病院を退院して二日めの午後、ある座談会に出席するためにわたしはホテルを訪れた。

玄関の回転扉はステンドグラスをはめ込んだ年代物で、把手を押すとぎしぎし微かな音をたてながら動いた。わたしはとっさに、またあの厄介な耳鳴りが始まったのかと勘違いし、その場に立ち止まって目を閉じた。扉の音がいつもの耳鳴りと同じように、とても深い所から響いてきた気がしたからだった。退院したばかりで、わたしはまだきちんと音の区別をする自信がなかった。耳鳴りの予感がする時は、こうして目を閉じているよりほかに方法がなかった。

「どうかなさいましたか」

ドアボーイが心配そうに声をかけた。

「いいえ、何でもないんです」

わたしは目をつぶったまま答えた。

「ご気分でも……?」

「いいえ、本当にご心配なく」

背中で回転扉がゆっくり静まった。それと一緒に耳鳴りの予感も遠のいていった。一秒か二秒の、わずかな間だったと思う。

「もう大丈夫ですから」

そう言ってわたしは目を開いた。ほんの少し、めまいがしたような気がした。ドアボーイが微笑みながら、わたしを中へ招き入れてくれた。

部屋に入ると、わたし以外の出席者はもう皆そろっていた。八人掛けのテーブルと椅子だけで一杯になるくらいの広さだったが、天井の四隅やカーテンレールの先にまで凝った彫刻がほどこしてある贅沢な部屋だった。暖炉を背にした椅子に、真珠色のスーツを着た中年の婦人と、白人との混血らしい青年、壁側の椅子に主催者の雑誌編集者の男性、そしてテーブルの角にYが坐っていた。南向きの窓から差し込む秋の陽が部屋に満ちていた。テーブルクロスも水差しも青年のこがね色の髪も、光に包まれていた。ただYの椅子だけは、光の裏側の透き間に入り込んだように淡く陰っていた。わたしは遅くなったおわびをしたあと、Yの隣に腰掛けた。

「それではそろそろ始めさせていただきます。今日はお忙しいところ『健康への扉』の特集記事〝私はこうして突発性難聴を克服した〟の座談会にお集まりいただき、ありがとうございます」

編集者は丁寧に頭を下げた。

「この〝私はこうして○○を克服した〟のシリーズは大変好評でして、先月号のバセドウ氏病もその前の不眠症も、全国から大変な反響がありました。今回、F耳鼻咽喉科病院のご協力を得て、皆様の貴重な体験を是非有意義な記事にしたいと考えております。ご自身のお身体に関することですし、また難聴はデリケートな病で、お話になりにくいこともあるかと思いますが、雑誌にはお顔はもちろんお名前も伏せて掲載いたしますので、どうかご自由にざっくばらんにお喋りしていただければと思います」

わたしたちは緊張気味にうなずいた。

「ではまず、最初の症状が現われた時の様子を、こちらからお一人ずつお願いします」

編集者は中年の婦人に目で合図した。

彼女は膝の上のハンドバッグに手をやり、止め金を二、三度カチカチいわせながら話し始めた。

「はい。私の場合、ある朝、目が覚めたら、すべての音が全部消えてなくなっていたんです」

その時わたしは、Yが速記者であることに気づいた。婦人が最初の言葉を発するのと同時に、彼がボールペンを紙の上で動かし始めたからだ。鼻に掛かった頼りなげな彼女の声がこぼれ落ちたのと、彼の指がボールペンを滑らせた一瞬が、あまりにもぴったりときれいに重なり合っていたので、わたしは手品を見ているような不思議な気分になった。そしてその一瞬は、手品のハンカチーフから舞い降りてきた鳩のように、しばらくわたしの中にとどまっていた。わたしは彼女の唇とYの手元を、さり気なく交互に見比べた。婦人は話を続けた。

「最初は、庭に雪が積もったのだと思いました。子供の頃、雪の朝に、これと同じようなしんとした空気を感じたことがあったからです。でもすぐ、ばかげていることに気づきました。カレンダーは六月だったんです。私はどうしていいか分りませんでした。静か、というのとは全然成り立ちが違うのです。耳の中が隅から隅までどこまで行っても真っ白なんです。試しに耳の穴を押さえてみたり、頭を振ってみたり、髪の毛をかきむしってみたりしましたけれど、ますますその白さの度合が濃くなるばかりで、何の効果もありませんでした」

彼女はテーブルの中央で回っているテープレコーダーのあたりに視線を落とし、あらかじめ用意してきた文章を暗唱するように、手際よく自分の耳について説明していった。その間ずっと、Yのボールペンは彼女の声に寄り添っていた。

「私は怖くなってベッドの中でがたがた震えました。一晩のうちに、耳がなくなってしまったんだと、絶望的な気分でそう思いました。確かに外側だけは残っているけれど、一番肝腎な耳の中身がどろどろに溶けて穴をふさいでしまったんだと。震えは身体中の骨がばらばらになるのかと思うほどひどいものでした。それも突発性難聴の症状の一つなのか、ただ精神的なものだけなのかは分りません。そのうち吐き気もしてきました。脳味噌の中を走っている無数のか細い神経が、一斉にけいれんを起こしてしまったんです」

「つまり最初は、無音と震えと吐き気ですね」

整理するように編集者が口をはさんだ。

「はい」

婦人はうなずいて、コップの水を一口飲んだ。

そのすきにYは手元の紙を一枚めくった。彼の指がわたしの視界の隅を静かに横切った。婦人の説明は続き、編集者は時々それを整理し、混血の青年はおとなしく耳を傾けていた。動いているのはYの手だけだった。彼の手の周りだけ、空気が特別な流れ方をしている気がした。本当は特別なものなど何もないはずだった。ボールペンも紙も書類入れも腕時計も指も、取り立てて特徴のないありふれた姿をしていた。ただ一つ、彼が書き記している速記用の文字を除いて。

わたしはその文字を見たくて仕方なかった。よどみがなく、伸び伸びしているけれど細やかな彼の手の動き方から、それがどんなに不思議で魅惑的な形をしたものか想像することができた。しかし光の具合も角度も位置も、すべてが彼の手元を陰にしてしまう微妙な所に、わたしは坐っていた。いくら目をこらしても、青いボールペンの先にあるものは見えなかった。

最初に飛び込んだ総合病院の耳鼻科で乱暴な扱いをされたこと、その精神的な苦痛のせいで余計耳にダメージを受けたこと、無音の密度がどんどん深まっていったこと、そしてF耳鼻咽喉科病院にたどり着いてやっと治療がうまくいったこと。彼女の話はフランス刺繡の一針一針のように、細かく途切れなく連なっていった。

自分の耳について彼女が余りにもたくさんの言葉を持っていることに、わたしは圧倒された。順番が回ってきた時、どれだけきちんと説明できるか心配になってきた。病気をして以来わたしにとって耳は、身体の器官ではなく抽象的な観念のようなものになっていたからだった。彼女は時々、脂の浮いた額のファンデーションをハンカチで押さえ、コップの水滴を指でぬぐった。

途中、コーヒーを運んできたウェイトレスが何かのはずみでスプーンを床に落とした時だけ、彼女は口ごもり筋道が少しだけ乱れた。その一瞬、わたしと混血青年と彼女は同時にびくんと顔を上げ、不安な視線を合わせた。床は絨毯だったので、大した音がしたわけではなかったが、わたしたち三人にとってそういう不意の音は、共通のある怖さをもたらすのだった。編集者もYもそんなささいな音には気づいてさえいないようだった。わたしたち三人は、やはり同じ種類の耳を持っているのだった。

スプーンが取り替えられウェイトレスが出ていくと、ホテルはすぐにいつもの静けさに包まれた。

「なるほど、なるほど。それではこのあたりで、次の方のケースをお話していただきましょうか」

編集者が適当な所で区切りをつけ、今度は混血青年に目をやった。

彼はすばらしく美しい顔立ちをしていた。目や鼻や顎のラインが、尖った鉛筆でなぞったようにくっきりと光の中に浮き出ていた。もちろん耳も、病んでいたとは思えないほど整った輪郭を持っていた。彼が少しでも身体のどこかを動かすと、そのたびに髪の毛が揺れた。

「僕には最初、自覚症状なんてなかったんです」

彼は日本人と変わらない完全な日本語を喋った。

「大学に入学して三日めに健康診断があって、その時の聴力検査で異常ありが出ちゃったんです。それですぐ入院させられたもんだから、三日通っただけで大学は休学です。もっとも初めは、こんなに長引くとは思わなかったんだけど」

「どういう異常が出たのでしょう」

編集者が尋ねた。

「さあ、よく分りません。無口な医者だったから何も説明してくれなかった。ただ精密検査を受けてくれって言われたんです」

「聴力検査用の音は聞こえましたか」

「いいえ。聴力検査は講堂の片隅でやってたんだけど、ヘッドフォンを着けたとたん、隣でやっている視力検査のざわめきとか学生の足音とかがぐちゃぐちゃに絡まって、どれがどの音だかさっぱり分らなくなっちゃったんです」

「そうですか。でも、日常生活に支障はなかったんですね」

「はい。ただF病院で精密検査のためのいろいろな音を聞かされているうちに、と言っても正確にはほとんどの音が聞こえなかったか、あるいはありもしない幻の音が聞こえていたわけなんだけど、耳の奥に何かが詰まっているような気がしてきたんです。耳の穴の奥の奥の一番細くなった所に、何か柔らかいもの、そう、コルクみたいに堅いものじゃない、何と言ったらいいんだろ、たんぽぽの種みたいなものが引っ掛かっている感じなんです」

　青年の説明は婦人に比べればいくらかたどたどしかった。

　こんなふうに話し手が次々代わって、Yは混乱しないのだろうかと、わたしはふと心配になったが、ボールペンは決して立往生することはなかった。

　真横に坐ったせいで、Yの顔の表情はよく分らなかった。肩の雰囲気や黒っぽい洋服の色合いや指の形や、そういう細切れの一部分でしか彼を見ることができなかった。それでも、働き続ける手を見ていさえすれば、確かに彼の息遣いを感じることはできた。それくらいひたむきに手は動いていた。Ｙのコーヒーは一口も飲まれないまま冷めていた。

「私にもありました。耳栓が奥に入りすぎて取れなくなったような不快感が」

婦人が青年の方に向き直って言った。

「あなたは柔らかいっておっしゃったけど、私の場合はとても堅いんです。コルクなんかよりずっと。入院していた頃の私の耳は、使い古した一セント硬貨で蓋をされているのと同じでした」

信じられないことに彼女は大ぶりのイアリングをつけていた。それは真珠色のスーツには明らかに不釣合いのトルコ石製で、休みなく髪の毛の中で揺らめいていた。重みで耳たぶが引きつっているようにさえ見えた。わたしにはまだイアリングをする勇気はなかった。今は少しでも耳のことを忘れていたいのに、あんな耳たぶの形が変わるほど大きなイアリングをつけたら、きっとわたしの頭は耳で一杯になるだろう。トルコ石の触れ合う音がどんどん大きくなって、他には何も聞こえなくなるだろう、と思った。

「あなたはいかがでしたか」

不意に編集者が発言を求めてきたので、わたしはあわててイアリングから目を離した。

「はい、確かに耳閉感はありました」

声がかすれている気がした。

「最初の自覚症状をお聞かせ願えますか」

編集者は資料のプリントをめくりながら言った。Ｙが疲れないようにできるだけゆっくり喋ろうと思った。

「ええ。でもわたしの場合、おととい退院したばかりで、本当に治っているのかどうか自信がないんです。ですから、うまくお話できるかどうか……」

自分の言葉もきちんと書きとめてくれるかどうか気になって、Ｙの指が視界に入るようにわざと視線をうつむき加減にしてみた。相変らず文字の形は見えないけれど、わたしの声がすみやかに白い紙の上に書き写されてゆくのが分った。わたしは安心した。

「朝、妙な音で目が覚めたんです。日常的に耳にするありふれた音じゃなく、もっと特殊な感じがしました。しばらくベッドの中で、それを聞いていました。そして今までに経験したことのある音をいろいろ当てはめてみました。それでたぶんこれは横笛、金管じゃなくて木管の、雅楽に使われるような横笛だろうと見当をつけたんです。ベランダの窓が二十センチくらい開いていたので、隣の家の人が横笛を練習しているんだ、と信じたんです。隣の人は結構名の売れているモデルさんで、とても横笛を吹くようなタイプの人には見えませんでしたけれど、でも、そう信じるしかなかったんです。確かに、横笛が聞こえるんですから」

Yの指は影のようにわたしについてきた。決して離れないけれど、追い越すこともなかった。

「私とは正反対ですね。何も聞こえないのと、何かが聞こえるのと」

婦人が言った。

「朝目覚めたら、突然に横笛を吹くモデルか。奇妙な病気だ」

青年がつぶやいた。

「でも本当に怖かったのは、横笛を吹いてる人なんて誰もいないことに気づかされた時です。窓を閉めてもシャワーを浴びても電車に乗っても、音は消えません。存在しない音が聞こえること、これがわたしを一番混乱させました」

「ええ、よく分るわ、あなたの気持」

婦人は何度もうなずいた。イアリングが一段と大きく揺れた。

座談会は思っていたよりも長く続いた。途中でカセットテープが切れ、素早くYがテープを裏返してプレイボタンを押し直した。窓から差し込む陽の光は、時間と一緒にわずかずつ色を変えていった。美術館から出てくる人影と、木立を通り抜ける小さな鳥の姿が、時おりガラス越しに見えた。

　編集者は薬の種類、副作用、入院中の様子、食事の内容、社会復帰の経過、と細かい質問を繰り出してきた。婦人が一番積極的に発言し、青年とわたしが喋っている時でもしばしば割り込んできては、いつの間にか自分自身の問題にすり替えていた。彼女の長い話が始まると、青年はゆっくりと煙草を吸い、わたしはただじっとYの手元を見つめることで時間をやり過ごした。

　わたしにとって耳の話の方がどんなにか大切なのに、どうして彼のことばかりが気になるのか、自分でも説明できなかった。退院してからこんなにもたくさん他人の声を聞くのは初めてだったので、いつまた耳が壊れてしまうか心配だったのだろうか。それで知らず知らずのうちに、意識を音とは別の所に持っていこうとしていたのかもしれない。あるいはわたしを引きつける何か大切なものを、彼の指が隠し持っていたからかもしれない。いずれにしても彼の指を眺めることは、わたしを安らかな気持にした。

　ただ一つ不思議なことは、他の三人が誰もYのことを気にかけていないことだった。初めからYなどという速記者は存在していないかのように、編集者は座談会を進め、婦人と青年は喋った。誰も彼の方を見なかったし、話し掛けもしなかった。Yは皆から忘れられた骨董品の壺のようにそこに坐っていた。

コーヒーカップが下げられ中国茶が運ばれてきた時、編集者は一つ大きく息を吐いてから、それでは最後の質問に移らせていただきますと言った。

「ご存じのように突発性難聴は原因不明とされていますが、発病される前の生活環境や仕事の具合や精神的な状態などを顧みられて、何かきっかけのようなものはございませんでしたか」

やはり婦人が一番に口を開いた。

「ええ、ございました。脳溢血で五年近くも寝たきりだった姑が亡くなりまして、お葬式やら納骨やらがすんでほっとした矢先でした。若い頃は随分とひどい仕打ちを受けて、何度も泣かされましたから、五年間世話をしている間、肉体的な疲労だけでなく精神的な苦痛がずっと続いていたんです。それが全部耳にきちゃったんですねえ」

婦人は中国茶の入ったカップを熱そうに手に取った。

青年はただ一言、思い当たることは何もないと言った。受験勉強の疲れは？　高校から大学への環境の変化は？　などと編集者が水を向けてみたが、興味がなさそうに首を振るだけだった。

あと残っているのはわたしだけだった。私生活と耳の病気をどんなふうに結びつけたらいいのか、その結び目の作り方が分らなくて、しばらく黙っていた。本来、病気は私生活の中で発生して、ひどくなると病気の中に私生活が押し込まれる訳で、私生活以外の場所に発生する病気などは、やはり存在しないのだろうか……と、取り留めのないことを考えている間、Yの指は羽を休める蝶のようにじっとわたしを待っていた。何か喋らなければ、このままずっとYの指は動けないのかと思うと、しだいに黙っていることが胸苦しくなってきた。

「うまく思い出せないんです。発病した頃はいろいろな出来事があって、その順番や関係をきちんと整理するのは、骨が折れる作業なんです。どれが耳とつながっていて、どれがつながっていないのか。もしかしたら生まれた時からずっと自分の耳はこうだったかもしれない、なんて錯覚することもあります。ただ、一つだけはっきりしているのは、横笛が聞こえた前の日、主人が家を出て行ったということです」

その一言は声に出してしまえば、ごくありふれた言葉のように聞こえた。脳溢血の姑が死ぬのと大差はない気がした。それでも婦人は同情に満ちた表情を向けてくれた。

「つまり、夫と別居したということです。そのことが本当に病気と関わっているのかどうか、わたしは今でも信用していないんです。F病院ではそういう種類の心身の過労が一番いけません、と言ってましたけど。まあ、手っ取り早い理由ではありますね」

部屋には濃い赤色の花を思い起こさせる、中国茶の香りが広がっていた。それは息苦しいくらいにきつくて、とても飲む気分にはなれなかった。ホテルのどこかで水の流れる音がしていた。誰かがバスを使っているのか、それともただの耳鳴りなのか、わたしのあやふやな耳では分らなかった。

「信じてもらえないかもしれませんけど、わたしは自分で病気のことを予感していたんです。前兆とは違います。純粋な予感です。横笛が聞こえるずっと前から、何の症状もない時から、自分の耳にある種の異変が起こりそうな予感がしたんです。ある朝髪をといていたら、耳が鏡に映っていました。普通なら気にもとめない一瞬です。でもその時は、自分の耳がたまらなく不可思議なものに思えて、しばらく目を離すことができませんでした。まるで生まれて初めて耳というものを発見したような気分でした。輪郭の微妙な曲線をなぞってみたり、皺の模様を左右比べてみたり、耳たぶを撫でてみたりしました。改めてよく見ると、耳は複雑で奇妙な形を持った器官でした。そして鏡でしか見られないということが、またわたしの気持を乱しました。どうしても直接、自分の耳を眺めてみたい、掌に載せてみたいと思いました。なぜだか分りません。その頃は、主人が家を出るなんて考えもしませんでした。何も問題はなかったんです。ただ耳にまつわる予感だけが、胸のこのあたりに宿っていたのです」

わたしが左胸の鎖骨のあたりに手を当てた時、Yがさっと顔を上げこちらを見た。初めてYと目が合ったような気がした。ほんの一瞬で、目の形や表情を確かめることはできなかった。ただ流れ星のように彼の視線が通り過ぎただけだった。

言葉以外のものを書き写すことはできないんだ。胸に手をやったあの仕草を、彼はどうやって文字にしたのだろうと、わたしは心の中でつぶやいた。

座談会が終わると、陽はもうかげり始めていた。美術館の扉は閉められ、木立は薄い闇に包まれようとしていた。わたしたち三人はお互いに顔を見合わせ、遠慮深く微笑んだ。婦人はハンカチをバッグにしまい、青年は一つ伸びをした。

編集者は貴重なお話をどうもありがとうございました、と何度も繰り返しながら、資料を片付けたり謝礼を配ったりしていた。その間にウェイトレスが食事を運んできた。フランス風の懐石料理で、鶏のもも肉やしめじ茸やブロッコリーがあった。いろいろな種類の飲み物も用意された。ワインやビールやミネラルウォーターがワゴンで運ばれてきた。

食事が始まったら、Yに話し掛けてみようとわたしは思った。もしかしたら、速記の文字を見せてもらえるかもしれなかった。わたしは左隣のYに視線を送った。しかし、彼はもういなかった。

書類入れもテープレコーダーも青いボールペンも紙の束も、何もかもなくなっていた。

わたしが謝礼の領収書にサインしている間か、それとも料理に気を取られているすきに、ウェイトレスが出入りする扉から音もなく出て行ったとしか思えなかった。わたしは彼が書類入れの中にごそごそ物をしまう音も聞かなかったし、椅子から立ち上がって後ろを通り過ぎてゆく気配も感じなかった。彼は溶けるように消えてしまったのだ。

「それでは、皆さんご苦労様でした。どうぞごゆっくりお召し上がり下さい」

編集者がにこにこしながら言った。青年は煙草を消し、婦人はブロッコリーの青くごつごつした房にフォークを突き刺した。誰もYに気をとめなかったのと同じように、Yがいないことにも気をとめていなかった。わたしはナプキンを持ったまま、彼が坐っていた椅子を眺めた。そこは淋しげな空洞だった。誰かがそこに坐っていた記憶を、全部吸い込んでしまう空洞だった。微かに革の背もたれがくぼんでいるようにも見えたけれど、それはただの思い過ごしだったかもしれない。

2

座談会の時無理をして外出したのがたたって、わたしは再びF病院に入院するはめになった。たった一日の外出で、わたしの耳は一番悪かった頃の状態に逆戻りしてしまった。一晩眠っても座談会の疲れは取れず、そのうち耳に入ってくる音が全部、気持悪く響き合うようになった。一人きりのマンションの部屋で聞こえる音などどれもささいなものばかりなのに、頭の中はいつも百台の壊れたオルガンが、好き勝手に鳴っているような感じだった。朝食を食べるにしても、ゆで卵の殻を割る音と新聞をめくる音とトーストを齧る音が、濁った和音になって何倍にも膨れ上がるのだった。

病室は前と同じ十二号の個室だった。窓からはやはりマロニエとホテルの車寄せが見えた。入院生活は規則的で単調だった。毎朝七時に日勤の看護婦さんが、体温計と血圧計を持ってやってくる。そしてできるだけゆっくりカーテンを開けてくれる。カーテンレールのザザーッという音は、わたしには枕元で雷が落ちたくらいの爆音に聞こえるからだ。

看護婦さんは必ず、体温と脈と血圧を計って数値をメモする。わたしにはその三つが耳とどう関わっているのか、よく理解できない。何か遠回しなことをされている気分になる。しかし三つの計測は神聖な儀式のように、決して忘れられることはない。わたしは看護婦さんが血圧計のケースやボールペンを床に落として、余計な音を立てませんようにと、いつも心の中で祈る。

食事は質素だけれどおいしかった。耳鼻咽喉科病院の入院患者の数は、例えば産婦人科などと比べてずっと少ないので、料理に丁寧さが感じられた。さやえんどうの筋は取ってあるし、スープ皿は十分に温めてあった。七時半と十二時と六時きっかりに、看護婦さんがお盆を部屋まで持ってきてくれた。

午前中と午後一回ずつ、担当の先生が診察にきた。診察といっても特別なことをするわけではない。「いかがですか」と先生が尋ね、「はい、まあまあです」と答えると、先生は「安静が第一ですよ」と微笑み、わたしはベッドの中でうなずく。ただそれだけのことだ。でもその会話は内緒話よりも小さなささやき声でなされるので、かなり奇妙な趣を帯びている。わたしと先生は恋人同士のように顔を寄せ合い、一語一語を慎重に吐息の中に滑り込ませてゆく。そうしないとわたしの耳は壊れてしまうのだった。

あとは毎食後、オレンジ色、こげ茶色、緑色のカプセルを一個ずつ飲んで、夜の八時にお風呂に入り、九時に電気を消して眠る。その繰り返しだ。神聖な計測、丁寧な食事、ささやき、カプセル、お風呂、これらがメリーゴーランドのように回っている。

できるだけ音と関わらずに一日を過ごすというのは、案外難しいことだった。ラジオやテレビは不快な騒音を立てるただの箱に過ぎなかったし、読書は目の疲れがすぐ耳に響いてだめだった。ただもう、寝ているより他に何もすることがなかった。

お見舞いに来てくれる人の当てもなかった。誰にも知らせず、たった一人で荷物をまとめてここへ舞い戻ってきたからだ。主からは相変らず何の連絡もなかった。わたしはベッドの中でうつらうつらしたり、ホテルの元持ち主だった侯爵一家の運命を想像してみたり、美術館に入る人の数を数えたりして時間を潰した。

その日は日曜日でよく晴れていた。午後の診察がすんだばかりで、わたしはいつもどおりぼんやりしていた。窓を開けて、薄手の毛布にくるまっていると、時々乾いた風が頬のあたりを通り過ぎていった。窓枠に切り取られた小さな空は、青色の水に満たされた湖のようだった。

ホテルでは珍しく何かのパーティーがある様子で、おしゃれをした人たちが集まり始めていた。制服のよく似合うスマートなドアボーイが、きびきびと立ち働いていた。髪を編み込みにして花を飾ったり、白いレースの手袋をはめたり、スパンコールのセカンドバッグを抱えたりした若い女性たちが、軽やかに回転扉の中へ消えていった。顔までは見えなかったが、みんな笑っているのが分った。誰もが微笑みたくなるくらい、気持のいい午後だった。

わたしは寝返りを打ち、サイドテーブルからチョコチップクッキーを一個取り出して食べた。天井を見つめたまま、もそもそと口だけを動かした。溶けてなくなると、もう一個放り込んだ。それを六回繰り返した。手だけが勝手にチョコチップクッキーを求め、頭の中では、自殺用の睡眠薬をむしゃむしゃ食べているみたいだ、と見当違いなことを考えていた。

薬のせいかもしれないが、入院している間、甘い物がむやみに食べたくなった。それまでは生クリームも砂糖も水飴も苦手だったのに、急に体質が変わったようで変な感じだった。差し入れをしてくれる人などいなかったから、一人で一階の売店へ行き、チョコレートやキャラメルやクッキーを仕入れて引き出しに隠しておいた。

毛布にくるまったままそういうお菓子を食べている時、いつも切ないような淋しいような気分になった。今までにわたしが犯したあらゆる種類の間違いや失敗よりも、ここでこうしてチョコチップクッキーを食べることの方が、ずっと深く自分を傷つけている気がした。それでもしつこく、わたしの耳は甘い物を求めるので、どうすることもできないのだった。

シーツの上に落ちたクッキーの屑を払いながら、わたしはため息をついた。

その時、誰かがドアをノックした。鼓膜が直接ハンマーで叩かれたのかと思うほど、ひどく耳が震え上がった。こんなに不用意にノックするのは、わたしの耳のことを何も理解していない人だと、頭を押さえながら思った。病院の人なら、ことりとも音を立てずに細くドアを開けて、目だけで合図してくれるはずだった。わたしはぶっきらぼうに、「どうぞ」とつぶやいた。二呼吸おいてから、ドアがためらいがちに開いた。そこには、夫が立っていた。

あまりに意外だったのと、鼓膜の震えがまだおさまっていなかったせいで、うまく言葉が出てこなかった。夫は微笑むわけでもなく、気後れするわけでもなく、あやふやな表情を浮かべたままこちらを見ていた。使い古してよれよれになった、デパートの紙袋を一つ提げていた。『中に入ってここへ坐れば』というつもりで、ベッドの脇に置いてある丸椅子を指差した。夫は紙袋をがさがさいわせながら腰掛けた。

夫の顔を見るのは、あの横笛を聞いた日の前日以来だから、四カ月ぶりだった。その間、事務的な電話一本、走り書きの手紙一枚、やりとりしたことはなかった。完璧な空白だった。あらゆる問題を保留にしたまま彼が勝手に家を出たのだから、二人とも口にしなければいけない言葉をたくさん抱えているはずだった。しかし、耳を病んだ患者の病室というこの特別に静かな場所で、言葉たちは途方に暮れた迷子のように、じっとうずくまったままだった。お互いに相手が何か言ってくれるのを待っていた。

ぎこちないひとときが過ぎたあと、夫は紙袋からスケッチブックを取り出した。美術大学の学生がデッサンに使うような、シンプルなデザインの分厚いスケッチブックだった。夫はその一枚めをめくり、ベッドの中のわたしに見せた。

『管理人さんに君の病気のことを聞きました。びっくりしています。どんな具合ですか。すぐに病院へ電話をかけました。耳に負担をかけないために、会話制限されていると看護婦さんが教えてくれたので、筆談するつもりでこれを用意してきました』

そこにはそう書いてあった。サインペンで書かれた大きめの字が、定規で計ったようにきれいに並んでいた。わたしはそれを二回読んだ。夫は次のページをめくった。

『ずっと連絡しなくて悪かった。でも、僕たちにはこういう時間も必要だと思ったんだ。お互い一人になって、自分のことを考える時間が。少なくとも僕は、自分に対して冷静になることができた。でも、もし君の病気のことをもっと早く知っていたら、様子は違っていたと思います。君をこんなかたちで苦しめるつもりなどなかったんです。本当です』

夫はわたしが読み終わったらすぐ次のページに移れるように、スケッチブックの端を持って待っていた。廊下を誰かが小走りに過ぎてゆく気配がした。カーテンが小さく揺れていた。

『これ以上、何を言っても（何を書いても）ただの言い訳になるだけなのでやめます。君に許してもらわなければならないことを、僕はあまりにもたくさん抱えすぎているからね。これからは少し具体的な話をしよう。その方が君の耳のためにもいいと思うんだ』

三枚めになっても字は乱れていなかった。書き損じも誤字もなかった。わたしはだんだん、デモのプラカードかポスターを読んでいる気分になってきた。そういう所にはいつも真実が書かれているけれど、なぜか魂にまでは届いてこない種類の真実なのだ。わたしは枕の下からカーディガンをひっぱり出してはおった。

「随分と、用意がいいのね」

吐息と区別がつかないくらいの、いつもの小声でわたしは言った。

「喋っても大丈夫なの？」

夫は四枚めをめくろうとした手を止めて言った。

「うん。でも、もう少し小さな声で喋ってもらえるとありがたいわ」

「難聴っていうから、耳が聞こえないのかと思ってた。だから、いろいろ書いてきたんだ。

その方がスムーズに話せるだろ？」

「音が正しく伝わらないの。やたらワンワン響くだけで。つまり聞こえないのと同じね。小さな音の方がまだその響きが少ないからましなのよ」

「厄介な病気なんだね」

夫はこの小声の会話のために、椅子を枕元に近付けた。手をのばせば届くところに彼の顔があった。人間は小さな声で話しているといくらか優しい気分になれるものだということを、わたしは病気になってから発見した。小さな声は柔らかくて肌触りのいいベールになって、その人を包むのだ。それは相手が夫の時でも同じなんだと、わたしは彼の口元を見ながら思った。

久しぶりの夫の声は、病気になる前聞いていた声よりも、厚みがなくなっている気がした。彼の声は耳の中で、蟬の羽を思い起こさせた。

「一体、何ページ分のメッセージを用意してきたの」

「スケッチブック、半分くらいかな」

「そう。とにかく、その具体的な話というのを始めましょうよ」

夫はうなずいて次をめくった。音のない紙芝居のようだった。

『まず一番はっきりしていることは、これ以上あやふやな状態が続くのはよくないということだ。今までは沈黙が必要だったけど、これからは話し合いが必要なんだ。それから、僕はもうあのマンションに帰る勇気はない。資格がないと言った方が正しいかもしれない。前とそっくり同じ生活には戻れないんだ。たぶん、君もそう感じているに違いないことだけど』

五枚め。

『そして最後に、病気のことを含め、僕は君のことをとても心配に思う。結婚生活はうまくいかなかったけど、そんなことと関係なく、やっぱり心配なんだ。だから君のことを一番に考えたうえで、話をすすめたい。とにかく僕たちはけりをつけなくちゃならない』

何にけりをつけるのか聞いてみたい気がしたが、すぐにあきらめた。わたしがどれだけ口をはさんでも、夫が清書してきたメッセージを今さら書き直すことはできないのだった。

六枚め。

『あのマンションは君に譲る。形のあるもので君に残せるものは、全部置いてゆくから。もちろん、ローンは全部僕が払うよ。それから入院費や治療費の心配はいらない。耳が完全に治って仕事ができるようになるまでの生活費も、僕が責任を持つ』

七枚め。

『いい仕事を見つけるには時間がかかると思うけど、じっくり考えた方がいい。お金のためにあせって、不本意な仕事を転々とするようなことはしてほしくないんだ。一年くらい遊んで暮らせるだけの、貯金はあるんだから。僕のコネで役に立つことがあったら、いつでも相談に乗るよ』

スケッチブックをめくる音だけが、ため息のように二人の間にこぼれ落ちていった。他には何も聞こえなかった。美術館の前庭の噴水が、遠くできらきら光っていた。

わたしは目の前に並ぶ言葉の姿を、できるだけありのままに受け入れようと努力した。それらはどれも優しさに満ちていた。離婚しようとする妻に捧げられる、最良の優しさだった。なのにわたしの気持は、どこまでも冷えてゆくばかりだった。折り目正しいサインペンの文字たちは、心の底に降り積もり、凍りついていった。

それは、すべてがあらかじめ用意された言葉だからだ、とわたしは思った。あらかじめ下書きされ、整理され、そして清書されたものだからだ。壊れた音の中で、二つのか弱い耳を抱えたままうずくまっていたわたしには、用意しておいた言葉など一つもなかった。わたしはただじっと、スケッチブックに目をやるだけだった。

八枚め。

『離婚届けを用意してきました。僕のサインと捺印はもうすんでいます。あとは君に預けるよ』

夫はスケッチブックを胸のところに抱えたまま、背広のポケットから離婚届けを取り出して差し出した。そのうすっぺらな半透明の紙は、夫の手の中で頼りなくうなだれていた。わたしは黙ってそれを受け取った。

二人ともしばらく動かなかった。相変らず静かだった。夫はわたしが何か言うのを待っているようにも見えた。あるいは、スケッチブックに用意してきた言葉を、全部使い果たしてしまったのかもしれなかった。

またさっきのように、小さな声で会話することもできた。うん、そうねと、大して意味のない言葉をつぶやくこともできた。しかしわたしたちは、黙っていることを選んだ。それが耳の病気のおかげでわたしたちだけに許された特権であるかのように、どこまでも黙り続けた。

夫はわたしの手の中に移った離婚届けを見つめたまま、立ち上がった。そしてわたしがそれをびりびりに破いたり、丸めてごみ箱へ捨てたりしないのを見届けてから、ゆっくりまばたきした。辛さをこらえようとしているのか、微笑みを浮かべようとしているのかよく分らない、はかなげなまばたきだった。言葉も音もない部屋で、最後のあいさつをするのは難しかった。二人は手を振り合うほど陽気ではなかったし、涙を流して抱き合うほど悲しんでもいなかった。夫はドアの手前で一度立ち止まり、少しためらってからスケッチブックの最後の一枚をめくった。

『さよなら』

と、そこには書いてあった。

夫が出ていったあと、わたしはしばらくぼんやりしていた。何もしたいことが思い浮かばなかった。離婚届けの紙を何度も畳んだり広げたりした。

「あの女と暮らすつもり?」

どんなに健康な耳を持っていたとしても、絶対に聞きたくないと思っていたことを、芝居の台詞のようにつぶやいてみた。

「あの女と暮らすつもり?」

勇気を出して、もう少しだけ声を大きくしてみた。とても下品な言葉に聞こえた。

「あの女と暮らすつもり?」

久しぶりに普通の大きさの声を出した。ずっとささやいてばかりいたわたしの喉は、力一杯叫んだあとのようにかすれてしまった。そして耳の中では、百台の壊れたピアノがいっせいに鳴り始めた。

わたしは離婚届けを、引き出しのチョコチップクッキーの下にしまった。

3

昔どこかの博物館で、ベートーベンの補聴器を見たことがある。わたしはまだ十三歳の少女で、クラスメイトの男の子と一緒だった。彼にとってもわたしにとっても、それが生まれて初めてのデートだったと思う。

その日はお弁当を持って、海辺で遊ぶつもりだったのが雨で台無しになり、仕方なく行き当たりばったりでたどり着いたのが博物館だった。そこがどういう種類の博物館で、なぜそんなものを展示していたのかは思い出せない。もしかしたら愛用のパイプや直筆の楽譜や手紙の類もあったかもしれないが、よく覚えていない。ただ一つはっきりしているのは、そこにベートーベンの補聴器が展示してあったということだけだ。

それはガラスケースの中の台座に載せられていた。構造は原始的なものだった。耳に当てる部分は耳の管に合うように細く、先の部分はできるだけたくさんの音を集められるよう大きく広がり、全体で見ると美しい曲線を描いていた。掌で支えるのにちょうどいい丸みだった。補聴器というよりも、木管楽器か動物の牙のように見えた。

わたしたちは腰をかがめたりガラスケースに手をかけたりして、あらゆる方向からそれを眺め回した。何の飾りも模様もないその滑らかな表面を、天井の照明が照らしていた。ベートーベンの耳に直接触れていただろう一番細い先端は、つややかに光っていた。

「わたしもこれを、耳に当ててみたいわ」

ガラスケースから目を離さずに、わたしはつぶやいた。

「うん」

彼はうなずいた。

「例えば、どんな音を聞いてみたいと思う?」

「そうだな、今日の雨の音と、それから、君の声」

しばらく考えてから彼は答えた。

「きっと不思議な音がすると思うわ。今まで一度も聞いたことがないくらい素敵な音。この補聴器の中には、音の精が住みついているのよ。本当は聞こえないはずのいろいろな音を、ちゃんと聞かせてくれるの。雨の粒がぶつかり合う潤んだ音や、わたしの声が空気に溶けてゆく音」

彼はもう一度うなずいた。わたしたちはしばらく、そこにたたずんでいた。

結局いつまでも雨はやまず、博物館の裏庭にある屋根のついたテラスで、お弁当を食べたのだった。チーズと卵焼きとハムのサンドイッチだった。長い時間かばんの中で電車に揺られ、それはほとんど潰れかけていた。そのうえ吹き込んでくる雨で、パンが湿ってしまった。わたしたちは芝生に降り注ぐ雨に目をやり、ベートーベンの補聴器のことを時々思い出しながら、無口にサンドイッチを食べた。

そういえばあの時の彼は、今頃どうしているのだろうか……。

朝からずっとベッドに横たわり、わたしはベートーベンの補聴器について考えていた。耳の病気だから、どうしても耳に関わりのあることばかり考えてしまうのだと、初めのうちはそれで納得していた。ところがだんだん、奇妙な気分になってきた。博物館の記憶の中で、なぜ補聴器だけが特別にくっきりと保存されているのか、分らなくなってきた。

十数年前クラスメイトと初めてデートした日に、もう今の耳の病気は決定されていて、わたしの手の届かない場所で記憶が選り分けられていたのだろうか。例えば、もし病気が緑内障なら、ベートーベンのめがねだけが記憶され、足首の骨折ならベートーベンの靴だけが記憶されたのだろうか。

わたしはいろいろなことを、とめどなく考えた。真珠のように小さい記憶の粒や、それを一粒ずつ丁寧に選り分けている記憶の妖精について思いを巡らせた。記憶の妖精はその乳白色の粒を光にかざし、奥を透かして見たり、指先で感触を確かめたり、香りをかいだりしたあと、それぞれしかるべき引き出しにしまってゆくのだ。ベートーベンの補聴器はここ、めがねはあちら、靴はそちら、というように。

Yが訪ねてきてくれたのは、妖精の空想に少し疲れ、うつらうつらしていた木曜日の夕方だった。

座談会の時、正面からはっきり顔を見たわけではないのに、わたしはすぐに彼がYだと気づいた。顔など確かめなくても、指を見ればよかった。取り立てて特徴のないすっきりした指だが、それは紛れもなくあの青いボールペンを握って、休みなく働いていたYの指だった。

Yは微笑みながら会釈し、遠慮深くドアのそばに立っていた。ここへ来た理由をどう説明しようかと、どぎまぎしているようにも見えた。

「どうかもっと近くにいらして下さい。枕元のこの椅子にどうぞ。小さな小さな声でしかお話できないものですから」

わたしがそう言うと、彼はうなずいてゆっくり丸椅子に腰掛けた。余計な音を立てないように気を遣っているのが分った。

「これくらいの声で、大丈夫ですか？」

一語一語を慎重に、息でくるむような言い方だった。ええ、十分です、というつもりでわたしは微笑んだ。

考えてみれば、Ｙの声を耳にするのは初めてだった。それはひっかかりのない平凡な声だった。だからといって、魅力がないというわけではない。確かな存在感はあるのに、全体の輪郭をなぞることができない、しっかりと胸に抱えてその感触を味わうことができない、そんな感じなのだ。

顔を含めた全部の印象についても、キーワードを思い浮かべることができなかった。ほっそりして繊細な男性、理知的でシャープな紳士、朗らかで生き生きした青年……そんなありふれた形容が無意味なものに思えた。もっと魅惑的な言葉が、どこかに隠れている気がした。でもそれがどこなのか、見当もつかなかった。

どちらかといえばわたしは、初対面の男性の第一印象をきちんとつかむことが得意だった。その人の雰囲気や気分や身体つきや顔の作りを、具体的に感じ取ることができるタイプだった。しかし、Ｙの場合は少し勝手が違っていた。それはたぶん、最初あまりにも長い時間、Ｙの指だけを見つめすぎたせいだろう。指の面影だけが大きくなりすぎて、いつもの感覚がバランスを失ってしまったのだと思う。

「『健康への扉』から、座談会の校正刷りを預かってきました。たまたま、あのホテルに用事があったので、僕が持ってきました」

Ｙは窓の向こうに目をやって言った。

「編集者が心配していました。なかなかあなたと連絡が取れなくて、調べてみたらまた入院なさったということで。具合はいかがですか」

彼は小声で話すのがとても上手だった。わたしの耳に一番ふさわしいボリュームを、心得ているかのようだった。

「とにかく、長くかかる病気なんです。鼓膜に貼りついたオブラートを、一枚ずつ破れないようにはがしてゆくみたいなものです。何枚オブラートが貼りついているのか、見当もつきません」

わたしの声を聞き取ろうと、彼はもう少し深く腰をかがめて顔を傾けた。彼の耳が見えた。滑らかな肌色で健康そうな耳だった。

「急ぎませんから、気分のいい時に目を通しておいていただけますか。訂正したい所があったら、赤ペンで直して下さい。また、取りにうかがいます、と編集者が申しておりました」

彼は見覚えのある書類入れから、ワープロ原稿のコピーを取り出し、サイドテーブルの上に置いた。

「はい。でも、やっぱり、早い方がいいんでしょうね。こういう雑誌は締切があるんだから」

「いいえ、ご心配なく。難聴の座談会は再来月号に回しても構わないんです。もう次の座談会の原稿が完成していますから」

「今度のテーマは何ですか？」

「心因性失声症です」

「それも、あなたが速記をなさったの？」

「はい。あのホテルの、同じ部屋で」

Yは答えた。

わたしは、婦人の耳で揺れていたトルコ石のイアリングや、混血青年の美しい髪や、ウエイトレスが運んできた中国茶の香りを思い出した。そして、ようやく声を取り戻して、恐る恐る喋っている元心因性失声症患者の危うい声を、一つ残らず書き取ってゆくYの指について想像した。

空が夕焼けに染まりはじめていた。ホテルの玄関灯に明かりがついた。どこかの病室で誰かが歌を歌っていた。宗教音楽のような、厳かな歌だった。耳鼻咽喉科の入院患者で、歌を歌っても構わない人などいるのだろうかと、ぼんやり思った。もしかしたら、いつもの空耳かもしれなかった。

「用件は、これだけなんです。そろそろ、失礼しなくちゃ」

Yはそう言って、立ち上がろうとした。

「もしご迷惑じゃなかったら、もう少しここにいてもらえませんか」

わたしはとっさに、明らかにそれまでよりも大きな声で、彼を引き止めた。このまま彼が帰ってしまったら、夕暮れの中に深い空しさが残りそうな予感がした。

「病院の一日で、今が一番淋しい時間帯なんです。外来の患者さんは一人もいなくなる、ロビーのテレビは消える、裏の美術館は閉まる。それに夕食までには時間がありすぎて、いつもこの時間帯を潰すのに手を焼いているんです」

わたしはいろいろと言い訳をした。Yは微笑んで深く椅子に坐り直した。彼はしばしば言葉の代わりに微笑みを使った。余分なものを何も隠し持っていない、素朴な微笑みだった。

「あまり長い時間、耳を働かせるのはよくないんじゃありませんか。これを使って話しましょう。僕の商売道具です」

彼は書類入れから、座談会の時と同じボールペンと紙の束を取り出した。近くで見るとその青いボールペンは、持ち手のところに小さな傷がたくさんあって、よく使い込まれたものだと分った。紙の束は卓上英和辞典くらいの厚みがあり、左隅の角を麻の紐で綴じてあった。真っ白で柔らかみがあって、書きやすそうな紙だった。

「なぜ、速記者になったんですか？」

『そんなこと、考えたこともありません。生まれる前から、ずっと速記者だったような気がします。速記以外のことをやっていた自分が、もう思い出せないんです。少し変ですけど』

「変じゃないわ。わたしだって今、生まれる前からずっと突発性難聴だった気がしているもの。それと、似たような意味合いじゃないかしら」

『たぶん』

「仕事は、この前みたいな座談会が多いんですか？」

『いろいろです。会議、対談、講演、何でも書き写す。盗聴だってしてします』

「盗聴？」

『そう。やくざや政治がらみでね。意味ありげな密談を隠し部屋から速記するんです』

「まあ。麻薬の取り引きとか、軍事機密のスパイとか、そういうの？」

『速記者は話の内容に興味を持ってはだめなんです。ただひたすら書き写す、それだけ』

「危険な香りがするわ」

『大丈夫。速記者はいつでも影だから。影は傷つかないんです』

わたしが小声で質問すると、彼は一瞬遠くに視線をやったあと、両膝の上の紙に返事を書いていった。一枚がいっぱいになると、左手でそれをめくった。速記の時と同じように、滑らかで軽やかな手の動きだった。どの指にも力が入っていないかのようだった。そして書き終わると紙の束をベッドの端に立て、わたしが読むのを静かに待っていた。わたしの小声とボールペンの滑る音が、交互に病室を漂った。

「速記しにくいタイプの人っていますか？　例えば早口の人とか」

『いいえ。喋る速さにはあまり関係がありません。そういうのは訓練でいくらでも慣れることができます。ただ時々、声の質が僕にぴったり合う人がいます。その人の声がボールペンの先になじんで、紙の間で溶けてゆくみたいな感じです』

「どういう質の声なのかしら」

『口では説明できません。僕の指が感じることですから』

「それは、相手が男でも女でも、声の質さえ合っていれば感じることができるものなの？」

『はい。でもやはり、若い女性の方がうれしいです』

「座談会の時の、わたしの声はどうでした？」

『ええ、それはもう、ぴったりでした』

「本当？」

彼は笑ってうなずいた。

ボールペンだけが動いている沈黙のひとときが、やりとりの間にはさまっているおかげで、わたしたちの会話は穏やかなものになった。自分の声のあとに返ってくるのが、彼の声でなく文字であることが、わたしの耳に心地よい静けさをもたらした。

彼の字は青い糸で編んだレース模様のようだった。細くしなやかで、汚れがなかった。文字の向こう側に、透かし模様が見えてきそうだった。

レース模様で埋めつくされた数枚の紙が、麻の紐につながれたまま、彼の膝の下でゆらゆらと揺れていた。

夕焼けは濃さをまし、窓を照らしていた。ベッドの毛布もYの横顔も、茜色に染まりはじめていた。いつの間にか、誰かが歌っていた宗教音楽も消えていた。

『早く、よくなって下さいね』

彼の指が目の前にあった。形の整った爪と厚みのある掌と長い指が、ボールペンを包んでいた。じっと見続けていると、それはいとおしい生き物のように、わたしの胸の中でどんどん大きくなっていった。

「どうもありがとう。でも、時間がかかりそうです。ちょっと辛いことがあって、毎日ぼんやりしているんです。病気が治っても、何か楽しいことが待っているなんて、とても思えない気分だから……。こういうのって、耳に一番悪いんじゃないかしら」

わたしは毛布の皺を目でなぞりながら言った。彼は何か書こうとして、ふっと手を止めた。

「離婚したんです。ついこの間、この病室で。二十二歳から二十四歳まで、三年間の結婚生活の最後が耳鼻咽喉科病院の病室だなんて、哀しすぎるわね」

彼はボールペンを握ったまま、わたしの目元を見ていた。美術館の前庭を、鍵束を持った警備員が横切っていった。不意に噴水が止み、水面が静まっていった。

「昔と同じ耳が戻ってきた時、わたしにどんな音が残されているというのかしら。こうして耳がうずくまっている間に、大事な音がどんどん消えていく気がするの。病気が治る頃には、わたしを抱きしめてくれるような優しい音は、全部なくなっているの。だからもう、耳なんて必要なくなるんだわ」

わたしは夫がスケッチブックに用意してきた、別れのための数々の言葉や、離婚届けの薄っぺらな感触を思い出した。彼は再び視線を紙の上に落とし、短い言葉を書き付けた。

『大丈夫。君の声は優しいから。全部の音が消えても、君の声は残る』

わたしはそれを一字一字、たっぷり時間をかけて読んだ。彼の影が床に長くのびていた。淡い色の影だった。ありがとうと言ってわたしは、自分の耳に触れた。


「お願いがあるんですけど……」

最後に、わたしは勇気を出して言った。

「あなたの、右手の指を見せてもらえませんか?」

しばらく沈黙があって、わたしの声の余韻だけが二人の間を漂った。彼は二、三度まばたきし、窓の向こうの夕焼けに目をやったあと、ゆっくり右手を差し出した。

思っていたよりもそれは大きな手だった。両手にずっしり沈み込んでくるくらいの重みがあった。わたしは親指から順番に、一本一本の指の輪郭をなぞっていった。皮膚はさらりとして張りがあり、指先にいくほどいくらかひんやりしていた。中指には木の実のように硬いペンだこがあった。爪は整った楕円形で、短く切りそろえられていた。何の欠点もない、バランスのとれた美しい五本の指だった。

一つ、長袖シャツの袖口から見え隠れしている、小さなあざを発見した。指のバランスを崩すような、派手なあざではなかった。それは手首の外側に、雨のしずくのような形でひっそりと張りついていた。色は深い赤だった。そのあざにも触れてみた。人差し指はぴったり吸い寄せられ、そこから彼の温もりが伝わってきた。

「美しい指ですね。でも、特別な仕掛けは何もないんですね」

わたしは右手を彼の膝の上に戻した。

「当たり前ですよ」

Yは言った。

「だって、あなたがあまりにもたくさんの言葉を、すらすらと疲れも知らずに書くんですもの。きっと特別な指を持った人だ、と思ったんです」

彼は指を曲げたり伸ばしたりしながら笑った。

「たぶん人間は、自分が思っているよりもずっとたくさんの言葉を喋っているに違いないわ。意味のない接続詞を使ったり、同じことを繰り返したり。それをその場で全部書き写すなんて、すごいことよ。神秘的でさえあるわ」

「このあたりに秘密のスイッチが隠れていて、それを押すと指のプログラムがピピッと変換するとでも、思ったんですか」

彼は親指の第一関節のあたりを指差して言った。わたしは彼の親指に目を近付けた。

「残念ながら、ありふれたただの指です」

彼はずっと微笑み続けていた。


「またいつか、指を見せてもらえますか」

帰り支度を始めたYに、わたしは言った。

「はい、いつでも」

そう答えて彼は、上着のポケットから名刺を取り出した。一行めに『議事録発行センター・速記の会』、二行めに彼の名前、三行めに見知らぬ町の住所と電話番号が書いてあった。わたしはそれを大事に両手の中にしまった。

「それじゃあ、また、どこかで」

彼は戸口で手を振った。手首のしずく型のあざが、夕焼けに溶けてにじんで見えた。

4

秋が過ぎ、冬が近づいた日の朝、ようやくわたしはF耳鼻咽喉科病院を退院することができた。

退院するには最悪の日だった。夜明け前から降りだした冷たい雨は、当分止みそうな気配がなく、病院の前の道路はスリップ事故で大渋滞していた。そんな中、洗面器やハンガーやパジャマや、数えきれないくらいの細々した日用品を詰め込んだ紙袋を二つも提げ、一人でマンションまで帰らなければいけなかった。そして、待っている人は誰もいないのだった。

途中、役所に寄って離婚届けを出した。長い間引き出しにしまわれていた離婚届けには、チョコチップクッキーのバターの染みがあちこちについていた。

それは、事務服を着た中年太りの男性職員に、無感動に受理された。雨に濡れた紙袋が、わたしの足元で二つぐったりうずくまっていた。

入院する前に比べて、部屋は微妙に変化していた。扉を開けた時の空気の匂いや、家具の配置や、ベランダの向こうに広がる風景に変わりはなかったが、目をもっと細かい所に向けると、何かざらりとした感触が残った。知らない間にいろいろな物が整理され、消滅していた。

本箱の一番上の段にあった夫の本は、『多変量統計解析法』も『実験計画法入門』も『新編・統計的方法』も、全部なくなっていた。その透き間を、わたしの昔買った冒険小説や詩集がぱらぱらと埋めていた。洋服ダンスのスーツ、カッターシャツ、セーター、ネクタイ、その他夫が身につけるものはきれいに持ち出されていた。テレビの上のトレーからは、製図用のシャープペンシルと痒み止めの軟膏、飾り戸棚からは外国製のワインとウイスキーが二本ずつ、姿を消していた。部屋中のあらゆるものが、残るものと消えるものに選り分けられていた。しかもその選択は完璧だった。わたしに必要なものはすべて残り、不必要なものは消えていた。

そのことは自分にとってありがたいことのようにも思えたし、残酷なことのようにも思えた。

わたしは紙袋を片隅に置き、カーペットの上にうずくまってしばらく部屋を眺めた。静かだった。雨の音だけがすぐ近くに聞こえた。まるで耳の中で雨が降っているかのようだった。鼓膜や耳小骨や三半規管が、じっとり濡れている気がした。

引き出しの前に坐り込み、小物を一個一個取り出し選別している夫の姿をわたしは想像してみた。もしかしたらその横には、あの女がいたかもしれなかった。興味半分で、化粧品のメーカーを調べたり、洋服の趣味についてとやかく言ったかもしれない。しかし、すべての選択が正しくなされた今となっては、そんなことはもうどうでもいいことだった。

雨の中長い時間歩いたせいで、身体は冷たく湿っていた。寒気がしてヒーターのスイッチを入れた。それは最初がたがたと空回りしたあと、埃っぽい温風を吐き出し始めた。その風で髪を乾かしながら、わたしはいつまでも雨の音を聞いていた。


雨の音はわたしに、『十三歳の少年』を思い起こさせる。十二歳の少年でも、十三歳の少女でもなく、それはいつも『十三歳の少年』だ。彼はしずくの弾ける微かな音の透き間をぬって、わたしを訪れる。わたしはたいてい、彼を歓迎する。彼はわたしを特別な記憶へ運んでくれる、大切な暗号だからだ。

『十三歳の少年』について思い出す時、彼の背中ではメリーゴーランドが回っている。どうしてなのか、その理由をきちんと考えたことはない。記憶の妖精が気紛れに、『十三歳の少年』とメリーゴーランドを、同じ引き出しにしまっただけの話だ。

それはきらびやかに装飾され、恋人たちや家族連れが順番を待って長い列を作るようなタイプのメリーゴーランドではない。その遊園地は田舎町のはずれにあり、気持よく晴れた日曜の午後でも、お客の数は従業員より少ない。倦怠期のカップルと、年子の兄弟を連れた家族と、暇を持て余した鬱病気味の大学生が、ぽつぽつ歩いている程度だ。

受付には愛想の悪いおばさんが一人坐っている。中央広場の売店では、ソースでべたべたになった焼きソバと、舌を真っ赤に染める砂糖水を売っている。広場の周りをいくつかの遊技施設が取り囲んでいる。遊技施設という言葉がぴったりの、質素でさびれたものばかりだ。コーヒーカップ、ゴーカート、観覧車、ミニＳＬ、射的場、そしてメリーゴーランド。

それは木馬とゴンドラとベンチが、三つずつ連なって輪になっている。あちこちでペンキが落ち、ゴンドラの扉には錆が浮いている。天井はサーカスのテント小屋のような丈夫な布で覆われていて、昔は何かファンタスティックな絵が描かれていた様子だが、今ではすっかりはげてしまってよく見えない。

わたしはいつも木馬にまたがる。錆でざらついた支柱をつかみ、靴が脱げないように馬の胴を足首でしっかりはさむ。

メリーゴーランドの責任者は猫背の痩せた老人だ。透き通るばかりに真っ白い髪をしている。わたしは彼を見るたび、その髪に触ってみたくて仕方ない気持になる。

「それでは皆様、前の手すりにしっかりとおつかまり下さい。ブザーが鳴って完全に止りますまで、立ち上がらないようお願いします」

老人は何万回と繰り返してきた台詞を独り言のようにつぶやき、レバーを引く。

ガチャン。

『十三歳の少年』はよくヴァイオリンを弾いていた。彼は小学校からの同級生で、六歳の彼も十一歳の彼ももちろん知ってはいるのだが、この特別な記憶の中では彼は十三歳なのだった。それは、彼が突然姿を消したのが十三歳の時だったからだ。博物館でベートーベンの補聴器を見物した、すぐあとのことだ。

彼はヴァイオリンをとても大事にしていた。誰かの、形見かもしれなかったし贈り物かもしれなかった。それは決しておもちゃなどではなく、本物のヴァイオリンだった。わたしは本物の楽器を見たことなどなかったが、曲線の滑らかさや木の光り具合やケースの止め金の頑丈さで、それが偽物ではないと確信していた。

沼のように静かな川原の草むらで彼はヴァイオリンを弾き、わたしは適当な石に腰掛けてそれを聞いていた。彼が弾くのはいつも同じ曲で、それを繰り返し繰り返し何度も弾いた。演奏は、メリーゴーランドのように途切れなく連なっていった。しかし、飽きるということはなかった。一度身をまかせてしまえば、生暖かい波に乗ってどこまでも流れてゆくことができた。それは外国の子守歌のようでもあったし、古い映画音楽のようでもあった。メリーゴーランドにはうってつけの曲だった。

淋しいばかりの短調でもなく、けばけばしいだけの明るさもなく、危うい境界線を漂うような曲調だった。彼が時々失敗して、弦と弓のこすれる音がすると、それは胸の奥の一番柔らかい所にしんみり響いてきた。

そう、その曲名も、彼に聞きそびれてしまった大切なことの一つだった。

あの少年はどうして十三歳で、突然消えてしまったのだろう。

そういえば、ヒロも十三歳だ。彼は夫の姉の一人息子で、つまり今となっては他人の関係になってしまったのだった。まだ結婚生活を送っていた頃は、よくマンションへ遊びにきてくれた。一グラムの余分な脂肪もついていないしなやかな手足を持ち、二重まぶたの目元には、子供らしい快活さと大人ぶった憂鬱の両方を隠し持っている少年だ。

そのヒロが、退院してから最初の訪問者になった。

「久しぶりねえ。最後に会ったのはいつだったかしら」

ミルクパンでココアを溶かしながら、わたしは言った。

「えっと、サッカーの試合を観に連れて行ってくれた時だから、春休みだ」

ヒロはソファーの真ん中に遠慮気味に腰掛けていた。えんじ色のマフラーを解き、几帳面にたたんで膝の横に置いた。

「そんなになるかしら。随分前ね。ヒロも少し男っぽくなったんじゃない」

わたしはココアをカップに注ぎ分けた。

「いや、そんなことないよ」

ヒロは照れて笑った。笑うとさらりとした肌の清潔さや、ほっそりした首の雰囲気や、健康そうな唇の色が目立って、子供っぽく無邪気に見えた。

「耳の具合はどう?」

わたしがキッチンからソファーに戻ると、すぐに彼は聞いた。素直に心配してくれているのが分った。

「ありがとう。もう大丈夫だと思うわ」

「僕の声、全部聞こえる?」

「もちろん」

「下の大通りを走ってる、車のクラクションは？」

「うん、聞こえる」

「冷蔵庫のモーターの音は？」

「うるさいくらい聞こえる」

「風の音は？」

「くまなく聞こえる」

ヒロは安心したようにココアを一口飲み込んだ。

外は木枯らしが吹いていた。下から吹き上げてきた風はベランダで渦を巻いていた。弱々しい冬の陽射しは風に流され、部屋の中まで届いてこなかった。わたしはヒーターの温度を一度上げた。

「でも、聞こえない音があるかどうか、それは永久に分らない問題でしょ？　聞こえないんだから。いくらお医者さんに大丈夫、治りましたと言われても、不安に思うことがあるの。わたしの気づかないところで、いろいろな音が奏でられているんじゃないか、自分だけ取り残されているんじゃないかってね。一人暮らしだから余計に心配よ。ヒロがさっきしてくれたみたいに、一個一個の音を確かめてくれる人がそばにいればいいんだけど」

わたしはココアのカップで掌を温めた。

「ねえ、叔母さんの耳、見せてくれない？」

しばらく考えてから、ヒロが言った。

「うん。いいよ」

わたしは髪を手で束ね、左の耳を彼に近づけた。

「でも、穴の奥までのぞいちゃ嫌よ。最近、耳掃除さぼってるから」

ヒロはうなずき、目線を耳の高さに合わせ、正面から真っすぐにそれを見つめた。彼は時間をかけて耳を観察した。うなじに彼の息がかかった。

「触ってもいい？」

耳から目を離さずにヒロが言った。

「もちろん」

彼はまず耳たぶを指先ではさみ、感触と硬さを確かめたあと、内側にめくれた輪郭と中の皺を丁寧になぞった。湿った耳とひんやり乾いた指先は、うまくなじんだ。

「どこもおかしいところなんてないよ。完全に治ってるよ」

ヒロは耳から離れ、ソファーにもたれた。わたしは髪を解いた。

「そうだとうれしいわ」

「絶対に大丈夫さ」

彼は髪の上から、まだ耳を見ていた。

それからわたしたちはとりとめのない話をした。中間テストの二次関数がいかに難しかったか、今度のオリンピックで日本が何個メダルを取れるか、担任の先生が付き合っている彼女がいかに美人か、そんなことを話した。彼は時々、クッションに顔を埋めて笑った。

わたしたちはすぐにココアを飲みほし、五百ミリリットル入りのバニラアイスクリームを食べ、キャラメルをなめた。

風は段々強くなり、窓を震わせていた。部屋全体が、風の帯で包み込まれたようだった。テーブルの上は、おしぼりやスプーンやキャラメルの包装紙で一杯になっていた。オルゴールのついた仕掛け時計の中で、角笛を持った天使がくるくる回りながら三時の合図を鳴らしていた。

「あっ、いけない。忘れるところだった」

ふと会話が途切れた時、急に思い出したようにヒロが言った。

「これを叔母さんに渡すように、叔父さんから頼まれてたんだ」

足元のナップザックから、封筒を取り出した。

それは何の飾りも文字もない、ただの真っ白い封筒だった。わたしはすぐに、それがお金だと気づいた。『当分の生活費と治療費は心配いらないから』とスケッチブックに書かれていた、夫の文字を思い浮かべた。わたしは数えるともなく、中のお札をぱらぱらとめくった。インクの匂いがするくらい清潔な新札だった。

「彼は、何か言ってたかしら」

ヒロの前で夫のことを何と呼んだらいいのか迷いながら、わたしはつぶやいた。

「僕には、特別何も言ってなかったよ」

ヒロは慎重に答えた。

「わたしたちのせいで、君にまで迷惑かけてごめんね」

「迷惑なんかじゃないよ。叔父さんに頼まれなくても、僕は文化祭がすんだら叔母さんのお見舞いに行くって決めてたんだから」

「そう?」

「うん。でも叔父さんは、叔母さん名義の銀行口座を作ってほしいって、そんなこと言ってた」

「そうね。確かにその方が合理的ね」

ココアのカップとキャラメルの包装紙の間に、わたしは封筒を置いた。

「そうすれば彼だって、お金をどうやって渡そうか悩まなくてすむものね。銀行の窓口で所定の紙に必要事項を書き込んで、印鑑を押せば、お金が自動的にわたしの元に振り込まれてくる。誰の手もわずらわさないし、誰の気持も乱さない。現金書留にしようか、それともヒロに頼もうかなんて悩むのは、叔父さんにとってやっぱり不愉快なことなのよね」

「どうして？」

ヒロはわたしを見つめていた。

「そういうことが、不愉快じゃないんだったら、離婚なんてしなかったと思うわ」

「叔母さんも、もう叔父さんには会いたくない？」

「難しい質問ね。街で偶然彼を見つけたら、声を掛けずに遠くで見送るだけかもしれない。でも、もし彼の方が声を掛けてくれたら、お茶ぐらいごちそうしてあげるわ。三十年くらいたったら、いい友達になれるかもしれないし、お互いに相手のことをすっかり忘れてしまうかもね」

「叔父さんのこと、もっともっと恨むべきだよ」

彼は真剣な顔で言った。

「どうして？」

「その方が、叔母さんが楽になれるからさ。裏切るより、裏切られる方が、本当は楽なんだ。恋愛関係においてはね」

十三歳の少年が、どこでそんな言葉を仕入れてきたのか、ドキッとしながらわたしはソファーに深くもたれた。隣のモデルの部屋から、猫の鳴き声が聞こえてきた。目も開かない生まれたばかりの子猫のようだった。ヴァイオリンの弦のように、哀しげに震える声だった。

わたしはキャラメルの包装紙を丸め、ごみ箱へ投げた。それは縁に当たって、カーペットの上に転がった。

「十三歳の時、叔母さんはどんなことをしてた？」

「君と似たようなことよ。二次関数があって、オリンピックがあって、文化祭があった。もっとも、お金の運び屋はしなかったわ」

彼は小さく笑った。

「それから、恋をした」

「どんな恋？」

「彼の弾くヴァイオリンを聴くのが楽しみだった。雨の中、博物館でデートして、ベートーベンの補聴器を見学して、湿ったサンドイッチを食べた。そんな恋」

「素敵な恋じゃない」

声変わりしたばかりの濁りのない声で、ヒロは言った。

「また、遊びに来てもいいかな」

玄関でヒロはマフラーを巻いた。

「いつでも大歓迎」

おみやげ用に焼いておいた胡桃ケーキをナップザックに押し込んで、彼に渡した。

「それじゃ、また」

「うん、さよなら」

玄関の扉が閉まると、あとには猫の鳴き声だけが残っていた。

5

わたしが夫の裏切りに気づいたのは、よく晴れたある春の日曜日だった。

その日わたしたちは午前の遅い時間に起き出し、朝食と昼食を兼ねてパンケーキとサラダを食べ、ソファーでごろごろしていた。夫は勤め先の電気メーカーの技術室で取り組んでいた、厄介なプロジェクトが完了したばかりで、わたしはその頃通っていた英会話教室の、クラス替えテストに合格したところだった。二人にとって久々に晴れ晴れとした日曜日だった。

わたしたちに特別予定はなかった。流しの食器は夕食の時一緒に片付ければよかったし、食料品の買い出しはきのうのうちにすませていた。観たい映画も、訪ねてくる友人も、電話もなかった。

「よし、髪を切ってやろう」

不意に、新聞から顔を上げて夫が言った。わたしはストレートのロングヘアーで、ほとんど美容院へ行ったことがなかった。素人にもカットできる単純な髪型だったので、恋人時代から夫に髪を切ってもらっていた。

「うん。天気もいいし、お願いするわ」

わたしたちは早速、戸棚からハサミやビニールのケープや櫛がセットになった道具一式を取り出し、ベランダにダイニングの椅子を一つ運び、霧吹きに水を満たした。用意ができると夫はシャツの袖口をまくり上げ、わたしを椅子に坐らせた。

ベランダにはまぶしいくらい春の陽射しがあふれていた。どこからか鳩がやってきて手すりに止まり、くうくう鳴いたあと、また遠くへ飛んでいった。隣のマンションの屋上で、おもちゃの風速計が南を指してゆっくり回っていた。

まず夫は、タオルをわたしの首に巻き、その上からケープをかぶせる。その時、いつも奇妙な気持に襲われる。夫は微妙な力を込めて、わたしの首を動けなくする。息苦しいほどではないが、一ミリの余裕もない絶妙なところで、ケープの端を止める。夫の指は特別な訓練を受けたかのように、正確に作動する。

ケープは不透明な薄桃色で、くるぶしまですっぽり包むくらい長い。夫はそれで、椅子ごとわたしを一巻きにする。ビニール製なので、ケープの中の空気はすぐに熱くなるが、わたしの両手と両足はおとなしくじっと息をひそめている。

もしもう少し、タオルがきつく巻きついてきたら、もし夫が根元から髪を切ってしまったら、どうなるのだろうと、わたしはそんなことをぼんやり考えてみる。自分が首だけになってしまったような錯覚を覚える。自分に残されているのは髪と顔と首と意識だけで、しかも髪と首は夫の思いのままにされているのだから、わたしはできるだけ目をあちこちに動かして、舞い落ちてゆく髪を眺めるしかない。

ハサミの先からこぼれる髪は、ケープの上をさらさらと滑ったあと、ベランダの床に落ちてゆく。ケープの皺に引っ掛かって、か細い昆虫のように震えている髪もある。

ハサミは外国製の高級品で、すばらしい切れ味なので、刃が耳に触れたりすると思わず、びくっと肩を揺らしてしまう。すると夫はすかさず、

「動いちゃだめ」

と言って肩先をつかむ。その時くらい、夫がわたしをいやおうなく押さえつける瞬間はない。ベッドの中では、夫はもっと優しい。

「長さはいつも通りでいいんだろ?」

「うん。肩甲骨の線まで」

夫は霧吹きで毛先を濡らし、櫛で整えてから、ハサミを入れ始めた。鋭い音と一緒に髪は落ちていった。

下の通りを歩いてゆくカップルやセーラー服の少女や子犬を抱いた老婆の姿が、手すりの透き間から見えた。交差点に連なる車のフロントガラスが、きらきら光っていた。喫茶店の入り口で、ウェイトレスが水をまいていた。誰も、わたしたちのことを気にとめていなかった。空中に小さく切り取られたこのベランダで、わたしはひっそり夫に髪を切られていた。

肩甲骨の下のラインに毛先が重なると、今度は一番大切な前髪だった。その頃になるとベランダは髪で一杯になった。きれいに切りそろえられた髪は数本ずつ束になりながら、植木鉢の間を見え隠れしたり、排水溝の中を滑っていったり、サンダルの下にはさまったりしていた。陽射しが強いのでそれらはすぐに乾いてしまい、わずかな風にもなびいていた。

「前髪をギザギザにされたくなかったら、目をきょろきょろさせちゃだめだ。じっと遠くを見て」

前髪を切る時、わたしは唯一残されていた目の自由さえなくしてしまうのだった。夫は無表情にハサミをパチパチ鳴らしていた。

わたしが本当にどこも動かせなくなって息を詰めていると、夫は前髪に勢いよく霧を吹きかけてきた。まぶたにかかった水滴をぬぐうこともできず、ただ視線を動かさないように注意しながらまばたきするだけだった。

夫は左手でわたしのこめかみを押さえ、慎重にハサミを動かした。彼の左手は大きな果物を持ち上げるような格好で、こめかみをつかんでいた。硬くて太い指だった。

右手とハサミは、まぶたのすぐ上を平行に移動していた。落ちてゆく毛先が、汗でべとついている目尻や頬にかかってちくちくしたが、どうすることもできなかった。夫の右手の指は、明るい光のせいで濁った肌色に見えた。角張った関節と大きな爪と細かい皺が、まつげに触れるくらい近くにあった。

何もかもがいつもの散髪と同じだった。鳩が手すりに止まることも、ハサミの先が目に突き刺さったらどうしようと心配になることも、髪がベランダ中を舞うことも、二人の散髪の記憶に繰り返されてきたことだった。恋人時代、肩先やこめかみに彼の手が触れるたびにどきどきしていた気持が、結婚してから消えてしまったとしても、そんなことはささいな変化に過ぎなかった。わたしたちはお互い、ケープの中に閉じ込めたり閉じ込められたりすることを楽しんでいたし、それだけで十分だった。

でもやはり、あの日の散髪はどこかが違っていた。ケープから解放され、飛び散った髪をほうきで集めている時、わたしは何の前触れもなく夫の裏切りに気づいてしまった。もしかしたら、本当に気づいたと言えるのはもっと後で、その時のはただの勘だったかもしれない。いずれにしても、離婚した理由を誰かに説明しなければいけない時、うまく言葉が見つからないまま思い浮かべるのは、いつもあの日曜日の散髪なのだ。

今から思うと、それは夫の指のせいだったかもしれない。散髪の時二人の間には言葉も触れ合いもなく、彼について感じることができるのは指だけしかなかった。霧吹きのレバーを押していた人差し指、ハサミの丸い穴に巻きついていた親指と中指、そっと前髪を払った小指。目の前を動いていた彼の指が、わたしを訳もなく辛くさせた気がする。指の形や雰囲気や表情に、取り返しのつかない冷たい影が宿っていた気がする。

好きな人ができたと、夫に打ち明けられたのは、その散髪から三週間たった日曜日だった。

夫の指を思い出しながらわたしは、たまらなくＹの指に会いたいと思った。

6

部屋の隅に置きっぱなしにしている、退院した時の紙袋からYの名刺を探し出し電話してみると、思いがけず彼本人が出た。『議事録発行センター・速記の会』という名称から、忙しげで騒がしい事務所のような雰囲気を想像していたのだが、Yの声が流れてくる受話器の奥はしんとしていた。

そのことはわたしを安堵させた。病み上がりの耳にとって、電話は不安な装置だった。音と耳がぴったりくっついていることや、不可解な雑音が入ることや、前触れもなくベルが鳴ることや、相手の表情で声の大きさを予測できないことが、わたしを不安にさせるのだった。しかしYの声は、目の前で会話しているのと少しも変わらず、自然に聞こえてきた。受話器の向こう側は深い静けさに満ち、その中をYの声だけが、一筋の風のように響いてきた。

わたしたちは最初に出会った、例の古いホテルで待ち合わせをし、そこのダイニングで一緒に夕食を食べた。Yはいつもの書類入れを提げ、抽象的な編み込み模様が入ったセーターを着ていた。わたしはシンプルな型の茶色いワンピースに、金の鎖のブレスレットをつけて行った。

ダイニングの天井は高く、照明はぼやけていた。床は正方形のコルクをモザイクにはめ込んだ贅沢な作りで、ウェイターたちの靴音を柔らかく吸い込んでいた。椅子の背とカーテンボックスとワイン貯蔵庫の扉には、おそろいの彫刻がほどこしてあった。よく目を凝らして見ると、それはホテルのイニシャルをデザインしたものだと分った。ランプ、花瓶、ワゴン、風景画、ナプキンリング……その他インテリアはすべて古い時間を通り過ぎてきたものばかりだった。

「今日もお仕事だったんですか?」

オードブルの鴨肉をチコリの葉に包み、フォークで突き刺そうとしているYの指先を眺めながら、わたしは言った。

「ええ。ちょっとした会合の速記です」

彼は皿の上でフォークを休め、答えた。

「また、『健康への扉』ですか?」

「いいえ。偶数月の第三水曜日に、昔この屋敷に住んでいた侯爵家の者が主催して、内輪のティーパーティーを開いているんです。三階の角部屋、〝ジャスミンの間〟で。元華族のおじいさんおばあさんが集まって、昔話や自慢話をする、他愛もない会合です」

「どうしてそんな集まりに、速記が必要なんでしょう」

「彼ら、つまり今はもう無くしてしまったけど、昔特権を与えられていた人々は、未だに一つの組織を作っていて、そのうえ雑誌まで発行しているんです。会合の報告や、会員の近況や、終身高級老人ホームの広告を載せてね。ティーパーティーの時、出席者がこの雑誌の記事用に座談会のような雑談をするので、それをいつも偶数月には速記しています」

Yは鴨肉を口に運んだ。

音もなくウェイターが近づいてきて、オードブルの皿を下げていった。わたしがナプキンで口元を押さえている間に、別のウェイターがやって来てスープを二皿並べた。アンティークの調度品のたたずまいによくマッチした、物静かなウェイターたちだった。

「そういう人々って、どんな種類のお話をするのかしら」

わたしはスープ皿に視線を落とした。澄んだ色の、魚介類のスープだった。

「〇〇家の二番目のお嬢さんに縁談が持ち上がっているとか、××家は相続税のために、遂に最後の別荘をお売りになったとか、そんな話です」

Yは右手でスプーンを取った。

ボールペンを握っていない彼の指も、また十分に印象的だった。銀食器になじむ冷やかさをたたえ、ワイングラスとナプキンと皿の間を蝶のように行き交い、ナイフを使っている時とスープを飲んでいる時で、がらりと表情を変えた。バターケースに手をのばした時には、セーターの袖口からあのしずく型のあざがのぞいた。

ダイニングは彼の指を眺めるのにうってつけの環境だった。わたしたち以外のお客は二組だけで、余計な音に惑わされないところが何よりよかった。一組は中年のカップルで、お通夜の最中のように無口だったし、もう一組の若いカップルは、知り合ったばかりの様子でお行儀がよかった。BGMは控えめなクラシックで、壁掛けの間接照明とテーブルのランプの炎が、指一本一本に魅惑的な影を作り出していた。

できるだけ切れ目なく彼の指を眺めていたいとわたしは願い、料理の方に気が回らなかった。料理はわたしの胃には少し重く、ボリュームもありすぎた。スープは海老とイカだけを食べ、あとの貝類は皿の底に沈めた。

「〝ジャスミンの間〟って、素敵な名前ですね」

「侯爵が昔、その部屋でジャスミンを育てていたのです。ジャスミンを見たことありますか？」

わたしは首を横に振った。

「おしろい花に感じが似ています。白いラッパ型の花が数個ずつ寄り添って咲くんです」

彼は左手の人差し指と親指で、テーブルクロスにそのラッパ型を描いて見せた。

「でもジャスミンの特色は、花でも葉でもなく、やっぱり香りですね。しかも香りそのものではなく、香り方なんです」

「香り方?」

「そう。毎晩、決まった時間にしか香りを発しないのです。だいたい、八時くらいから匂い始めて一時間足らずですっと消えてしまう。昼間、いくらその香りが恋しくなってもだめなんです」

「夕方咲く夕顔とか、月夜に咲く月下美人とかはあるけど、香りが時間を知っているなんて神秘的ですね」

わたしは言った。

スープ皿が下げられ、メインの牛肉がやってきた。肉の表面にソースが菱形模様に絞り出してあった。肉の周りには温野菜が透き間なく敷きつめてあった。わたしには半分も食べられる自信がなかった。Yはナイフとフォークを持ち直し、肉を一口切り分けてからジャスミンの話を続けた。

「匂っている時間は短くても、その香りにはかなりの存在感があります。匂いはじめは爽やかで涼しげですけど、段々鼻から胸にそれが満ちてくると、香りでびしょ濡れになったハンカチを、何枚も喉に押し込められたみたいに、息苦しくなるんです。そんなジャスミンを、あそこの部屋が一杯になるくらい育てていたんですよ」

「じゃあ、このお屋敷は夜の八時になると……」

「そう、ジャスミンの香りで埋めつくされます。時計を見なくても、誰でも八時がきたことを知ることができるのです」

そう言ってYは、ドレッシングの容れ物をわたしの手元に回してくれた。レタスにそれをかけながら、どうして彼はそんなに鮮やかにジャスミンについて話すことができるのだろうと、ふと思った。わたしは〝香りでびしょ濡れになったハンカチ〟のことを想像するだけで胸が一杯になり、うまく牛肉を飲み込むことができなかった。

こんなふうにYと向き合い、ボールペンを使わずに声だけで会話するのはこれが初めてだった。わたしは指だけでなく、他のいろいろな身体の部分に、順番に目をやってみた。細身だが肩幅は広く、長身だった。髪はシャンプーしたてのようにさらさらし、わずかに茶色がかっている。まつげが長く、そのせいで目元がまぶしげに見えることがある。服装は質素だが、靴だけはきれいに磨きこんだ上等の革製で、足を組むことはない。……全体で見れば彼は全く好ましい人物だった。言葉遣いも態度も誠実で安心できた。そういうタイプの人間は、これまでもたくさんわたしの周りにいた。しかし、その指を持っているということだけが、Yを特別にしていた。指以上にわたしを引きつける部分は、どこにも見つからなかった。

中年のカップルがデザートを食べ終え、無口なまま会計を済ませて出て行った。若いカップルはわたしたちから一番遠い席で、コーヒーを飲んでいた。Yの背中には、夜の闇に塗り込められた裏庭が、ガラス越しに広がっていた。その闇の濃さで、外の寒さを感じることができた。

そのあとわたしたちは耳の話をし、政治の話をし、プロ野球の話をした。彼は細々としているけれどユニークなエピソードを、たくさん知っていた。それらを押しつけがましくなく、穏やかに話した。わたしが何か質問すると、語尾まできちんと聞いてから適切な答えを出してくれた。

ワインを一本空けても、Yの顔色は変わらなかった。ウェイターがメインディッシュとグラスとバターケースを下げ、金属のへらでテーブルクロスのパン屑を取っている間、わたしたちはずっと口をつぐんで彼が行ってしまうのを待った。わたしはYのセーターの抽象的な模様を眺めた。それは波に浮かぶ子鹿のようにも見えたし、ジューサーミキサーの中で回転するアコーディオンのようにも見えた。デザートは、チーズのスフレと果物の盛り合わせだった。

「おもしろい話を、たくさんご存じなんですね。やはり、わたしの知らないいろいろな世界で、速記をしていらっしゃるからかしら」

わたしはブレスレットをいたずらに引っぱった。

「全部、僕の指が憶えた話です」

そう言ってYは、胸の前で指を組んだ。


食事が済んだのは七時二十分だった。別れるにはまだ早すぎたが、外を散歩するには寒すぎたので、ホテルの中を歩くことにした。わたしたちはロビーに飾ってある中国風の壺や、サイドテーブルの生け花や、壁の油絵を見学し、吹き抜けの階段を上って二階へ向かった。お互い声を掛け合うわけでもないのに、心ひかれる物の前でわたしたちは同時に立ち止まり、ひととき時間を費やしたあとまた同時に歩き始めることができた。あらかじめ打ち合わせしたお芝居の、登場人物のようだった。

それは藍色の絨毯を敷きつめ、優美にカーブした長い階段だった。手すりにはよく見ると細かい傷があったが、手触りは滑らかだった。壁際の飾り窓はステンドグラスで彩られ、反対側の手すりからはロビーのシャンデリアに手が届きそうだった。これがその昔、ある一家族のためだけの階段だったのかと思うと、ため息が出た。

「F耳鼻咽喉科病院へは、今でも通院しているのですか?」

Yが言った。

「はい。薬をもらいに、月に二度ばかり」

わたしたちは一段一段、絨毯を踏みしめて上った。

「ここで座談会をした時は、まだ秋でしたよね」

「ええ。季節が変わっても、耳とは縁が切れません。あの時のご婦人と混血の青年は、どうしているのかしら」

「さあ。やっぱりどこかで、耳について思いを巡らせているのかもしれません」

Yは首を傾け、髪に隠れたわたしの耳に視線を投げた。肩がわずかに触れ合ったような気がした。

その間、従業員一人、泊まり客らしい紳士一人にすれ違っただけだった。しかも二人とも、影のように静かに歩いていた。わたしたちになど、気づいてさえいない様子だった。おかげで、心ゆくまで屋敷の贅沢さを味わうことができた。

二階は客室で、同じ大きさの扉が左右に五個ずつ並んでいた。どの扉の内側にも人の気配はなく、歯軋りのような空調の音が聞こえるだけだった。廊下は突き当たって左折し、別棟へ続いている様子だった。ウインザーチェアー二脚が並ぶ踊り場は、月の光を浴びて一枚の静物画のように見えた。背板にうっすら積もった埃から、それは長い間使われていない椅子だと分った。

「座談会の時もここを通り抜けたはずなのに、踊り場になんて気づかなかったわ」

わたしは椅子の埃を小さく払った。とても古い、風格のある椅子だった。脚の付け根や、背もたれの曲線や、塗料のかけ方や、そういう細かい部分が丁寧に仕上げられていた。長い時間の中で艶は失われていたが、まだ微かに木の香りを残していた。腰を下ろす所には、小さな花が一輪、彫ってあった。ジャスミンかもしれないと、わたしは思った。

「昼と夜で、この屋敷は随分雰囲気を変えます。そういうふうに、設計されたんです」

Yは言った。

踊り場の窓は大きく、たっぷりとフリルをあしらったレースが掛けてあった。ガラスには曇りがなく、冷たい空と月と闇とF病院の影を映していた。

「昔、この窓を開けると、向こうはバルコニーになっていました。晴れた昼間は、石造りの手すりの彫刻に陽射しが弾けて、バルコニーは王冠のように光り、月の下では、深い沼になって、闇に浮かんでいたそうです」

「まあ、素敵ですね」

わたしは窓の向こうを見つめ、そのバルコニーについて思いを巡らせた。両開きの窓を一杯に開け放ち、そこへ下り立った時の太陽のまぶしさや、夜のしとやかさを想像してみた。しかし窓の把手は、今では古めかしい鍵で封印されていた。

「でもどうして、バルコニーはなくなってしまったのかしら」

わたしはつぶやいた。

「そう、確かに今はもうありません。あれが、屋敷の輪郭の最も美しい線を描いていたのに……」

彼は口ごもった。わたしは彼の言葉を待った。

「毎年七月十七日、侯爵の誕生日に、家族全員がバルコニーに集まって撮った記念写真が、何枚か残っているんです。バルコニー一つがあるかないかで、建物の印象が全く違って見えます。このホテルを外から眺める時、僕はいつもこの窓のあたりに目をやってしまいます。どうしてもそこに、取り返しのつかない空白が残されている気がして仕方ないんです」

「取り返しのつかない空白」

わたしはそう繰り返した。他には何も、言葉が思い浮かばなかった。

「侯爵の次男が十三歳の時、過ってバルコニーから落ちたんです。命はとりとめましたが、頭と背骨を打ち、廃人同様になってしまいました。それで侯爵はすぐに、バルコニーを取り壊してしまったんです。息子はそれから十年以上寝たきりの生活を送ったあと、結局朝食のベーコンを喉に詰まらせて亡くなりました」

「……」

わたしはどういう表情をしていいか分らず、うつむいてYの指を探した。彼の声は物語の最後の一行のように、踊り場に吸い込まれていった。

三階へ通じる階段は、先ほどよりはずっとプライベートな感じがした。そこは客室はなく、会合やパーティー用の部屋ばかりで、どこも使われている様子はなかった。難聴の座談会の時使った部屋の扉が、すぐ右手にあった。天井の明かりがノブを照らしていた。

いつの間にかあたりには、完全な無音が訪れていた。階段を一段ずつ上るたび、ロビーのBGMや空調の音や足音が消えてゆき、ここには何も残っていなかった。自分自身の壊れた耳の内側を歩いている気分だった。

「『ジャスミンの間』はどこですか?」

入院していた時と同じように注意深く声を出さないと、それは静けさに共鳴して何倍にも膨れ上がりそうだった。

「あれですよ」

Yは廊下の奥の部屋を指差し、背中を掌で押してわたしをそこへ誘った。二人の靴が絨毯の上を這った。扉の作りは他の部屋と変わりなかった。『ジャスミン』というプレートが掛かっているわけでも、立て札が立っているわけでもなかった。Yは何の迷いもなく、開いているのが当然というようにノブに指をかけ、扉を押した。

そこは五角形に変形した部屋だった。最初は暗さに目が慣れなかったが、すぐに月の光だけで、中の様子をうかがうことができるようになった。出窓、大理石のテーブル、椅子八脚、肘付きソファー二脚、キャンドルスタンド、バーカウンター、ワインの栓抜き、銀杯……。いろいろな物が順番に浮かび上がってきた。灰皿の形や洋酒のラベルまで見えるようになってきた。明かりさえ灯れば、そこはホテルの豪華なサロンだった。何の問題もなかった。ただ、月の光だけにすべてが包まれていること、音が存在しないこと、そしてYが隣にいること、その三つの事柄だけがわたしを緊張させた。

決して怖かったわけではない。Yの指に再会でき、その安らぎを下のダイニングでたっぷり味わったばかりなのだから、怖がる理由などあるはずがなかった。わたしは一つ長い息を吐き、彼を見上げた。彼は暗がりの奥の一点を見つめていた。

わたしたちはどちらからともなく、中へ足を踏み入れた。絨毯の毛足が急に長くなった。

月の光のせいで、部屋の空気は廊下よりいくらか冷えていた。ブレスレットが手首で揺れていた。

「バルコニーから落ちた侯爵の息子は、残り十年の人生をこの部屋で過ごしました」

彼の声は決して、ここを埋めつくしている無音を傷つけなかった。それは冷えた空気を震わせることなく、真っすぐわたしの耳に届いてきた。言葉の響きだけがいつまでも耳に残り、意味を理解するにはしばらく時間がかかった。

「そしてついに、ここから一歩も出ることはできなかったのです。ベッドは南向きの出窓の下に置かれていました。ヨーロッパの職人に特別注文したもので、クッションの中には混じりけのない水鳥の羽が詰まっていました。彼はその中に身体を埋めていました。そこだけが彼の世界だったのです」

わたしは部屋の中央に立ちつくしたまま、うなずいた。彼の物語が本当に終わるまで、指だけを見ていようと思った。そこ以外、ふさわしい場所が思いつかなかった。

「侯爵はこの部屋でジャスミンを育てました。本箱の上も勉強机も出窓も、温室のようにジャスミンで一杯でした。そして侯爵自ら、水をやって大切に世話をしたのです。けれど、息子には手を触れようとしませんでした。看病はすべて、看護婦と召使まかせです。毛布を直したり髪を撫でたりすることもありません。ただ一日二回この部屋に入ってきて、べッドにほんの一瞬視線を送ったあと、鉢を一つ一つ手に取って水をやるだけです。でもだからといって、侯爵が薄情な父親だったというわけではないんです。それは誤解しないで下さい。人間、あまりにも悲しい出来事に出会うと、感情のバランスを崩してしまうものです。彼の場合も、つまりそういうことなんです。分ってもらえますか？」

わたしは一生懸命に分ろうとした。そしてこの物語が流れてくる先の遠い一点はどこなのか、考えてみようとした。ここがホテルなどではなく、一家族の住まいだった頃、二階のバルコニーは取り壊されたばかりで、石の破片が庭の片隅に掃き集められ、執事が悲愴な顔で踊り場の窓に鍵を取り付け、三階の角部屋には水鳥の羽製のベッドとジャスミンの鉢がいくつも運び込まれている。そういう風景を思い浮かべてみた。しかしその遠い一点は、月明かりと暗闇のゆがみに紛れ込んだまま、どうしても見えてこなかった。

わたしたちは五角形の対角線をなぞるように部屋を横切り、出窓を背にしてもたれた。Yは書類入れを足元に置き、窓枠に指をかけた。

「もちろん、息子には何も分りません。花を楽しむことも、葉の緑に心をなごませることもありません。彼はただ二つの目を、暗い洞窟のように見開いているだけなんです」

Yの靴の先が、ちょうどその目のあたりではないかしら、とわたしは思った。そこにはパーティーの名残りのワインクーラーが、ぽつんと立っていた。

「でもどうして、ジャスミンなんでしょう」

まるでそれが最後まで取っておいた大切な問いであるかのように、わたしは一語一語をゆっくり口にした。

「息子の発作を、鎮めるためです」

一呼吸おいてからYは答えた。彼の指が月に照らされていた。今日一日で、わたしは何種類もの彼の指を目にした気がした。

「彼は時々、恐ろしい発作を起こしました。身体を弓なりにそらし、手足を痙攣させ、脂汗を流しながら獣のように吠えるのです。こうなるとすぐ、口をこじ開けてタオルを咬ませなければなりません。一度舌を噛んで大出血したことがあるからです。硬直した顎は鉛のように重く、口を開けさせるのに看護婦が三人がかりだったそうです。そして発作は二分で治まることもあれば、三十分以上続くこともありました。それがなぜ始まり、どれくらい続き、どういうきっかけで終わるのか、医者にも分りませんでした。発作の最中、彼の身体のどこがどんなふうに痛むのか、それも誰にも分らないのです。皆、嵐が過ぎるのを祈るしかありませんでした。ところがふとしたことで、ジャスミンの香りが彼の神経を鎮めることが分りました。看護婦が何気なく庭のジャスミンを部屋へ運んだ夜、ひときわひどい発作がジャスミンが香り始めるのと同時に、信じられないくらい穏やかに治まったのです。それから侯爵は、ここをジャスミンで一杯にしました。息子をジャスミンの中に埋めたのです」

話し終えるとYはゆっくりまばたきをし、十本の指を月にかざしてしばらくじっとしていた。月の光で指の疲れを癒しているように見えた。指が透き通るくらいたっぷりと光を含ませたあと、彼はそれをポケットの中にしまった。彼の指が憶えたジャスミンの物語は、もうこれでおしまいなんだと気づいた。

窓の下をタクシーが一台通り過ぎていった。ゴージャスな毛皮をはおった婦人が、回転扉の中に消えていった。玄関の明かりがオレンジ色ににじんでいた。自分がそんな風景から途方もなく遠い場所に、運ばれてしまった気がした。あそこには空気の流れがあり、音があり、明かりがあり、色があった。そういう当たり前のものを、懐かしむようにわたしは見つめた。

どうしてそんな、詳しい物語をご存知なのですか、と尋ねようとして、わたしは思わず口をつぐんだ。その時確かに、何かの香りを感じたからだ。それまでここには、音がないのと同じように、どんな種類の香りも存在していなかった。化粧品も家具も二人の体温も、匂いをどこかに閉じ込めてしまっていた。だからそれが漂い始めた時、すぐに気づいた。音のない世界では、香りは艶かしく胸を満たすのだった。

それが錯覚などではないことを確かめるつもりで、わたしはYの横顔をうかがった。彼の表情に変化はなかった。この部屋について語るべきことはもう何も残っていないというように、唇を閉じていた。二人でじっと黙っていると、いくらかずつ濃さを増してゆく香りの流れを肌で感じることができた。それは靄《もや》のように揺らめきながら、闇の中を立ち上っていた。そっと腕時計をのぞくと、八時だった。

「これが、ジャスミンの香りですよね」

わたしは恐る恐る声を出してみた。

「ええ」

Yはうなずいた。

「今でもここに、ジャスミンは残っているんでしょうか?」

そう言いながら、カウンターの内側やソファーの後ろに注意深く目をやってみた。でもどこにも、植木鉢などなかった。

「いいえ。息子が死んだ朝、全部裏庭で焼きました。花も葉も植木鉢も土も、何もかも灰にしてしまったんです」

Yはじっとわたしを見ていた。さっき同じテーブルで食事した時よりも、病室で小声で会話した時よりも、ずっと近くに彼はいた。思わず頬を掌で包みたくなるような近さだった。

「残ったのは香りだけです。部屋の奥深くに染み込んだ香りは、今も消えずに残っていて、夜の八時になると漂い始めるんです」

わたしたちはしばらく見つめ合っていた。見つめ合いながら、ジャスミンだけに気持を集めていた。その香りの中に、二人の言葉は吸い込まれてしまった。

7

〝ジャスミンの間〟でYと一緒に過ごした夜は、わたしにある種の疲れをもたらした。身体はどこも変わりないのに、神経があちこちで絡み合い痺れている感じだった。でも決して、不快な疲れではなかった。この痺れの中にふやけるまで浸っていると、心地よい気分になることさえできた。

そんな疲れを引きずったまま、次の日就職試験を受けに行った。小麦粉を作る会社だった。

その会社は、建物全体に粉っぽさが漂っていた。空気がざらついていて、深く呼吸すると咳が出そうになった。

最初にちょっとした常識テストを受けた。藁半紙に走り書きで印刷された、いい加減なテスト用紙だった。一問めの漢字は全部できたが、二問めの〝次の用語を説明せよ〟は手強かった。ハッカー、IOC、ブーケガルニ、ゲシュタポ、白樺派。何度繰り返し眺めてみても、入り組んだ暗号にしか思えなかった。三問めは作文。『粉について』。粉、粉、粉、粉、こな、こな……。わたしは一生懸命胸の中でつぶやいてみた。粉薬や粉雪や粉おしろいや、もちろん小麦粉を思い浮かべてみた。しかし〝こな〟という文字は、冷たくさらさらと胸の中をこぼれ落ちるばかりで、まとまりもしないし膨らみもしなかった。

そのあと面接だった。常識テストのせいで、わたしの神経は痺れを通り越して強ばってきていた。面接官はダークスーツを着た中年男性二人で、個性のない双子のように似通っていた。

「我が社の製品をお使いになったことはありますか？」

向かって右が尋ねた。

「はい。ひまわりの種の入った小麦粉が新発売になった時、それでパンを焼きました」

「いかがでしたか」

「香ばしくて、歯ざわりがあって、栄養があって、おいしいと思いました」

「あれは焦げやすいので、すぐに発売中止になったんですよ」

左がぶっきらぼうに口をはさんだ。ひまわりの種が黒い斑点模様になって、苦い味のパンになったことを、わたしは思い出した。

「部署の希望はありますか。原料課、精製課、包装課、あるいは薄力粉係、中力粉係、強力粉係、いろいろありますけど」

右が話題を変えた。

「いいえ。どんな部署でも、できるかぎりのことをしたいと思います」

小麦粉の仕組みが分っていないわたしには、どこの部署でも同じだった。

「どうして今まで、一度も就職しなかったんですか」

左がわたしの履歴書の上でペン先をコツコツ鳴らしていた。

「すぐに結婚したからです」

「ワープロ、簿記、ペン習字、英語、何か資格はありませんか」

「ありません」

「今回、就職しようとしている理由は？」

「離婚したからです」

なるほど、というように、二人は同時にうなずいた。

「我が社を選んだ理由は？」

「小麦粉が好きだったからです」

自分でも不思議なくらい、すらすらとでたらめが出てきた。

「純白で、べとつかなくて、風にまぎれて消えてしまうようなはかないところが」

喋り終えたあと、空気のざらつきが喉に引っ掛かって小さな咳が出た。二人は、わたしの咳がおさまるのを黙って待っていた。

この就職試験は、わたしに決定的な疲労をもたらした。あそこの粉っぽい空気を思い出すだけで、気分が悪くなった。新聞の一面記事、冷蔵庫のしおれたホーレン草、間違い電話、料理番組、税金の請求書。そんな日常の事柄を受け入れるのに一々手間取り、混乱した。常識テストの二問めを解いているような気分だった。

次の日から五日間、わたしは一歩も外出せずに眠ってばかりいた。浅く短い眠りが、昼も夜も関係なく繰り返し訪れた。目覚めると、陽射しがまぶしいこともあったし、真っ暗闇で雷が鳴っていることもあった。そのたびにとんでもなく長い時間眠り続けたように錯覚し、あわてて時計を見るのだが、いつも二時間くらいしか経っていないのだった。

シャワーとトイレ以外、ずっとベッドの中で過ごした。たいしてお腹も減らなかったので、毛布にくるまったままクラッカーやポテトチップスを齧るだけで十分だった。二日めか三日めに、小麦粉の会社から不採用の通知が来た。その封筒をごみ箱へ捨てるのさえ億劫だった。これでわたしには何の仕事も、義務も、約束もなくなった。いつまた耳が目茶苦茶になるかもしれないからと、それを口実に好きなだけ自分を甘やかした。

眠りと眠りの間には、ジャスミンの部屋のことを考えた。白いラッパ型の花びらや、水鳥の羽のベッドや、取り壊されてしまったバルコニーや、Yの指を思い浮かべた。夜の八時になると、またあの香りが染み出してくる気がして、鼻から深く息を吸い込んでみた。でももうどこにも、あの夜のかけらは残っていなかった。

六日目の朝、ヒロから電話があった。

「おはよう、叔母さん。僕だよ」

半分眠っていた耳に、彼の声は痛いくらい生き生きと伝わってきた。公衆電話らしく、受話器の向こうは街のざわめきであふれていた。

「まあ、ヒロじゃないの。元気?」

人と話すのは久しぶりだった。喉が重かった。

「うん。叔母さんは? 耳はどう?」

「何とか持ちこたえてるわ」

「今日、学校の帰りにそっちに寄ってもいいかな」

「もちろんよ」

「実は、叔父さんにまた頼まれたんだ。例のお金」

自転車のブレーキと、救急車のサイレンと、選挙カーの演説が混ざり合い、ヒロの声の後ろで渦を巻いていた。わたしはもう少し強く受話器を耳に押しつけた。

「そういえば、銀行口座のことすっかり忘れてた。ごめんね」

「いいんだよ、そんなこと。その方が僕にも都合がいいんだ。正当な理由をつけて、しょっちゅう叔母さんに会えるから」

「またたくさん、食べ物を用意しとかなくちゃね。胡桃ケーキも焼いておくわ」

「うん」

それからしばらく街の音だけが聞こえた。ヒロが何かを言い出そうとして、息と一緒に飲み込んだのが分った。そして十分にためらったあと、

「叔父さんが再婚したんだ」

と、つぶやいた。

彼のなだらかな声は、耳の奥のひだを丁寧になぞっていった。受話器が急に重くなって、ベッドからのばした左腕がだるかった。この五日間で、自分がひどく衰弱してしまったことに気づいた。

「さすがに結婚式は挙げなかったけど、両方の親戚が集まってタイ料理を食べたんだ。どうしてタイ料理なのか、未だに分らないよ。親戚中誰もタイに行ったこともないし、タイ人に会ったこともないのにさ。唇をひりひりさせながら、皆もそも食べたんだ。最後、

民族衣装を着たウェイトレスが、戸口で合掌しながら僕たちを見送ってくれるんだ。お葬式みたいに。変だろ？」

わたしは小さく笑って、うんと答えた。

「まあ一応、報告しとくよ」

公衆電話は線香花火のような雑音をずっと鳴らし続けていた。わたしはヒロがいつも提げているくたびれたナップザックや、落書で汚れた電話ボックスの壁や、朝の交差点を渡ってゆく人々の健康な耳のことを考えた。受話器の向こう側で入り組んでいた現実が、ヒロの声と一緒にこちらへなだれ込んできたようだった。銀行口座、胡桃ケーキ、再婚、タイ料理……。これらをスムーズにつなぎ合わせるには、骨が折れそうだった。

「余計なことだったかな」

ヒロは心配そうに言った。

「とんでもない」

わたしはあわてて首を横に振った。

「余計なことなんかじゃないわ。大事な事実よ」

「うん。大事な事実だ」

そう繰り返してヒロは、安心したように電話を切った。

いい加減、ベッドを抜け出さないといけない時だった。埃の積もった部屋に風を通し、床を磨き、オーブンを温める必要があった。そういうふうに、受話器の向こうの世界は動いているのだった。それでもわたしはぐずぐずとベッドの中にとどまり、「おいしい胡桃が手に入るかしら」と、しばらく胡桃ケーキのことを考えていた。

わたしは一度だけ彼女に会ったことがある。彼女は花屋に勤めていた。夫に初めてそのことを聞かされた時、〝花屋〟という言葉が特別選ばれたもののようにうるわしく響き、わたしをどきっとさせた。果物屋でも文房具屋でも薬屋でもなく、どうして花屋でなければならないのか、そのことが胸に引っ掛かった。花屋という一言は、わたしに無傷な恋を連想させた。

確かにそこは、美しい花屋だった。大使館や高級ブティックが並ぶ通りの中ほどにあり、広々していて清潔で明るかった。花の種類も豊富だった。ガラスケースの中もレジの周りも天井も、花と緑に埋めつくされていた。それらはたっぷりと水を含み、すずやかに光っていた。

わたしは斜め向かいにある大使館の門柱の陰から、しばらく花屋を眺めていた。彼女のことはすぐに分った。細身のジーンズとTシャツの上から、ビニールのエプロンをつけ、きびきびと立ち働いていた。店は繁盛していて、お客の途切れることがなかった。半分以上は外国人で、みんな顔が隠れるくらい大きな花束や花籠を買っていった。彼女はセロファンとリボンで花を飾り、配達伝票を整理し、床に落ちた花びらを掃除した。遠くからでも、彼女が花によく似合う微笑みを浮かべているのが感じ取れた。

門柱に埋め込まれたプレートの『Ｅｍｂａｓｓｙ』の文字を指でなぞりながら、わたしはどうしてこんなところまで来てしまったのだろうと後悔した。見慣れない街の風景と外国人の大股の足音は、わたしの胸に重く沈んでいった。彼女を責め立てるつもりも、夫と別れてほしいと頼むつもりもなかったが、彼女の仕草一つ一つから目が離せなかった。息の詰まる無言劇を見つめているような気分だった。

門の脇の警備室で、大使館員が退屈そうに欠伸をしていた。浅黒い肌で、インド系の彫りの深い顔立ちをしていた。わたしと目が合うと、白い歯を見せて微笑みかけてくれた。そこがどこの国の大使館だったか忘れてしまったが、建物の雰囲気は平和でのどかでこぢんまりした南の国を連想させた。わたしは門柱にもたれ、長いため息を一つついたあと、やはりそこで花を買うことに決めた。

「贈り物ですか？」

「はい」

「どんなお花がよろしいでしょう」

「ポピーを七本」

どうしてその時わたしがポピーという花を選んだのか、今でも分らない。特別ポピーを愛していたわけではない。もしかしたら、実物のポピーを見たことさえなかったかもしれない。ただ、でたらめに口からこぼれたのがポピーだったのだ。

「はい、かしこまりました」

彼女はガラスケースの左奥の目立たないところに隠れていたポピーを、慣れた手つきで引き抜いた。人差し指と中指で茎をはさみ、掌で花を包むようにしながら、リズミカルに七本を束にした。

「リボンはどれにいたしましょう」

わたしは適当に、一番高そうなチロリアンリボンを指差した。

「セロファンは、透明なのでよろしいですか。その方がお花が映えると思います」

わたしは黙ってうなずいた。できるだけ彼女を見ないようにした。かわいらしく飾られてゆくポピーだけを見つめるようにした。

店の中は植物と土と水の匂いに満ちていた。枯れた花は一本もなかった。薔薇のつぼみはどれも定規で計ったように大きさがそろい、蘭は一個一個和紙で覆われていた。すべてが最も美しい色と形に整えられていた。

「これで、いかがでしょう」

彼女はできあがったポピーの花束を差し出した。豪華ではないが、清楚な花束だった。

わたしは財布からごそごそと、皺だらけのお札を引っ張り出した。

「どうも、ありがとうございました」

彼女は感じのいいおじぎをした。花束を受け取る時、少しだけ彼女の方を見た。あまりにも一瞬で、顔の印象は何も残らなかった。ただ髪の毛の様子だけが、まぶたに強く残った。

決して奇抜な髪ではなかった。手入れが行き届いていて艶があった。微かに肩に触れるくらいの長さで、地味なセルロイドのカチューシャでまとめてあった。多めの髪をすっきりさせるために段カットにし、毛先にはパーマがかかっていた。彼女が動くと、髪の毛の一本一本が複雑に揺れ合った。「夫に、彼女の髪をカットすることはできないだろう……」と、わたしは思った。夫はもう、誰の髪を切る必要もないのだ。

花束を抱えうつむいたまま、わたしは店を出た。

ポピーは結局、大使館の警備員にあげた。彼はお国の言葉と大げさなジェスチャーで喜びを一杯に表わし、わたしを抱き締めた。抱き締めながらずっと、早口で何か喋り続けていた。意味は分らないが、すばらしいとか、美しいとか、ありがとうを繰り返しているように聞こえた。彼の胸は硬く、腕は太く、わたしの肩をばらばらにしそうなくらいだった。

「どういたしまして」と言いたかったが、胸が苦しくてうまく喋ることができなかった。彼に閉じ込められたまま、しばらく身動きできなかった。ただ彼女の髪の毛だけが、わたしの中で揺れていた。

8

何日ぶりかで耳鳴りがした。それは最初、遠くの方から思慮深く漂い始め、耳の管を伝って近づき、最後にはすっぽりわたしを包んでしまう。そうなるともう、どうすることもできない。目をつぶり、時々人差し指でこめかみのあたりを押さえながら、全身をその音に集中させるしかない。余計なことを考えないで、音色の透明度や高低や響き具合にだけ心をとめ、それが遠ざかってゆくのをおとなしく待つのだ。

まだ耳鳴りに慣れていなかった頃は、気づかないふりをしてできるだけ無視しようとしていた。でもそんなことをすると耳鳴りは、ますます乱暴に耳を引っかき回すようになる。わたしが振り向き、両手を差し伸べ、抱きとめてやるまで、淋しがり屋の猫のように決してそばを離れない。

その日の耳鳴りは、初めて聞く種類の音色を持っていた。それまでわたしはたくさんの種類の耳鳴りに何回も接していたので、それぞれの特徴を系統立てて分類できるくらいになっていた。Ⅰのa——歯軋り的低音、b——口笛的高音、Ⅱのa——冷蔵庫的不連続音、b——ねじ巻き時計的連続音……というように。しかしその日の耳鳴りは、どの分類にも収まらない雰囲気を持っていた。

わたしはF耳鼻咽喉科病院の外来で薬を待っていた。退院してからずっと飲み続けているその薬は、プラスティックのボトルに入った無色透明の水薬だった。毎食後三目盛り分ずつ飲むのだが、その液体が内臓からどういう経路をたどって耳に達するのか、どうしても理解することができなかった。他の患者たちを見ても、同じタイプの水薬をもらっている人は一人もいなかった。みんなカプセルや粉末の、ありふれた薬を持っていた。一度薬剤師に、その水薬の効用を確かめてみたいと思うのだが、彼があまりにも憂鬱そうな顔をしているので、いつも聞きそびれてしまうのだった。

その日もやはり薬の種類に変化はなく、薬剤師は一段と沈んだ表情をしていた。わたしは黙ってそれを受け取り、待合室のソファーに腰掛けてもう一度ボトルを点検してみた。【一日三回　毎食後三十分以内　三目盛り分服用】というシールが貼ってあり、黒いマジックで目盛りが刻んであった。中を透かして見ると全くの透明で粘り気もなく、水と変わりなかった。薬の中に、待合室の蛍光灯や灰皿やマガジンラックが映って揺れていた。いつもの薬と同じだった。

自分が今まで何リットルの水薬を飲んできたのか、これから何本のボトルを空にしなければならないのか、それを考えるとぞっとした。それが見た目の清らかさからは想像できないくらい、ひどい味をしているからだ。ただ単に苦いというのではなく、甘さや渋さや辛さが複雑に混ざり合い、濁った味になっているのだ。できるだけ舌に触れないよう苦労して三日盛り分を飲み込む時、この美しい液体のどこにこれだけのひどい味が隠れているのだろうと、奇妙な気分に陥る。

しばらくわたしは水薬を眺めていた。バスの時間にはまだ間があったし、職探しも行き詰まっていたし、ヒロが遊びに来るあてもなかった。できるだけ病院で時間を潰さないと、あとは何もすることが残っていないのだった。

その時、耳鳴りが始まった。待合室は比較的静かだった。人影はまばらだったし、耳鼻咽喉科の患者たちは決して大声を出さないからだ。ＢＧＭはなく、テレビのヴォリュームは絞ってあった。普通耳鳴りは騒々しい場所で、そのうるさい音の中を縫って響いてくることが多いので、最初は本当の耳鳴りなのかどうか自信がなかった。しかしそれは確かに、ⅠのａにもⅡのｂにも属さない、新しい種類の耳鳴りだった。

今までと最も違うところは、嫌な感じがしないことだった。耳の病とは関わりのない、もっとはるかな場所から響いてくる気がした。放っておいても、好き勝手に耳をかきむしったりはしないだろうと、安心していられた。そこはかとなく温かみがあり、慎ましやかだった。

わたしは目をつぶり、余分な神経を鎮めて耳鳴りに集中した。何とかそれを他の音で置き換えてみようとした。落葉、滝、トライアングル、野鳥、ため息。どれも、はずれていた。誰かの名前が呼ばれ、隣のソファーに坐っていた人が立ち上がった。わたしの背中を、杖をついた老人がこつこつと通り過ぎていった。耳鳴りはそんな雑音に惑わされず、控えめな音色を保ったまま同じ調子で響き続けていた。

わたしは音の置き換えをあきらめ、目を開けた。掌の中で水薬は、相変わらず透き通っていた。どこからか紛れ込んだ空気の粒が、ボトルの中を気ままに泳いでいた。汗ばんだ掌に包まれ、いくらかそれは温まっていた。待合室の人影はますます少なくなっていた。ロビーのテレビは無音でアイスホッケーの試合を映し出していた。ガラス張りの調剤室で、薬剤師が黙々と働いていた。今F病院に残されているのは、耳の奥のその音だけのような気がした。

「何を見ているんですか」

誰かが背中越しに声を掛けた。振り向くと、ソファーの背にのせられた左手の指が見えた。Yだった。

「見ているんじゃないんです。聞いていたんです。耳の奥で響いている音を」

正直にわたしは答えた。

「お邪魔だったでしょうか」

「とんでもない。もしよかったら、ここへお坐りになりませんか」

わたしはYを隣に誘った。

「はい、喜んで」

彼はソファーに腰を下ろした。

「僕に聞こえない音を、あなたはちゃんと聞くことができるんですね」

一呼吸おいてから、彼は言った。

「ええ、病気のおかげでね。でも、自分だけの音だなんて、つけあがっているわけじゃないんですよ。誰かと共有できたらいいなと思うこともあります。耳と耳を細い管でつないで、音を共有するんです」

「神秘的だね、あなたの耳は」

「いいえ。あなたの指ほどではありません」

わたしたちは顔を見合わせ、お互いをたたえ合うように微笑んだ。

「いずれにしても、ここで偶然、あなたに会えるなんて思いませんでした」

「純粋な偶然というわけでもないんです。今日もホテルで仕事をして、それがなかなかハードな速記だったもので、ホテルのダイニングでコーヒーを飲みながらぼんやり指を休めていたんです。そうしたらふと、あなたが月に二回、F病院へ薬をもらいにくる話を思い出して、なぜかきっと会えるという予感がしました」

Yはいつもの質素な服装だった。セーターの抽象的な模様だけが前とは違っていた。

「ハードな速記って、どんな……?」

「政治関係の座談会です。ハードというのは決して、指の機能的な疲れのことを言っているんじゃありません。感情の問題なんです。ある感情を含んだ言葉が発せられます。それを僕はすみやかに書き写す。すると声と一緒に空中で弾けたその感情が、ボールペンが動いている一瞬の間に文字の中へ封じ込められる。化石みたいに。もちろんそれが麗しい感情なら問題ありません。でも今日の座談会で行き交った感情は、とげとげして薄汚れたものばかりでした。人が言葉によって傷つけられるのと同じように、僕の指は文字に傷つけられるんです」

彼の言葉はスムーズに鼓膜に届いてきた。耳鳴りは相変わらず続いていた。不思議なことに彼の声と耳鳴りは混じり合うことなく、お互いそれぞれの位置を毅然と守っていた。普通なら、耳鳴りの最中に話し掛けられたりすると、取り合わせの悪い材料を煮込んだ不味いスープのように、耳が目茶苦茶になるはずだった。しかし彼の声は少しもわたしを乱さなかった。わたしは耳鳴りと彼の言葉の両方を、きちんと聞くことができた。音色を何か他のものにたとえられないだろうかと考え続けながら、同時に彼の傷ついた指を思いやることができた。

「座談会のテーマは何だったのでしょう」

「内容についてはよく分りません。防衛費のこととか、汚職のこととか、間接税のこととか、つまり政治の話です。でも結局は、政治の名を借りたいがみ合いですね。どういう言葉を使ったら相手が一番傷つくか、それを探り合って吐き出す。僕の指はそれを全部請け負わなくちゃならなかったんです」

「あなた自身が傷つくという意味合いと、指が傷つくという意味合いに、違いはあるんでしょうか」

「ああ、それはとてもデリケートな質問ですね」

そう言ってYは口ごもり、待合室の高い天井を見上げた。彼の横顔は難聴の座談会の時に比べると、ずっと無防備で打ち解けて見えた。天井には耳と鼻と喉を表わした三枚のレリーフが掛けてあった。解剖学の教科書から写生したような精密な浮き彫りだったが、遠くから眺めると変わった模様の飾りに見えた。三枚の中ではやはり、耳のレリーフが一番洒落ていた。

「違いがあるとも言えるし、ないとも言えます。指は僕自身のものだけど、僕は指のすべてを理解してはいない。指は彼独自のルールを持っている。でも、指は僕なしで生きられないけど、僕は指なしでも何とかやっていける、たぶん。そういうことなんです」

彼はレリーフに目をやったままそう言った。まごころのこもった答えだった。

午後の診察時間が終わり、受付のカウンターの蛍光灯が消えた。わたしたち以外には数人の患者が薬を待っているだけだった。アイスホッケーの試合はラフプレーで小突き合いが始まり、大男たちがスティックを振り回していた。音のないテレビで見ると、それは滑稽なダンスに見えた。

彼は書類入れを膝にのせ、その上で手を組んでいた。お互いにいたわりあうような調和の取れた姿で、十本の指が絡み合っていた。彼の指をいやしてあげるには、どうしたらいいのだろうと、わたしは思った。今まで、誰かの傷ついた心を慰めてあげたことはあった。熱いコーヒーをいれ、肩に腕を回し、一言一言に優しくうなずいてあげることで、誰かの役に立ったことはあった。でも、指をいやしてあげる方法など、見当もつかなかった。彼の指は言葉を持っていないし、抱き締めるには小さすぎた。

会話はあまり弾まなかった。この前、ホテルのダイニングで会った時のように、ナイフとフォークを動かすことで沈黙をごまかすこともできなかったし、指が憶えた物語を聞かせてくれる気配もなかった。やはりYの指は少し、疲れているようだった。しかし気まずい雰囲気だったわけではなく、わたしたちは二人の間の沈黙も十分に心地よく味わうことができた。そのうえ耳鳴りはずっと続いていたので、会話が途切れた時はその音色に耳を傾けていればよかった。

「最近、あちこちに就職試験を受けに行っているんですよ」

ひとしきり沈黙を味わったあと、指から一番かけ離れた話題を見つけてわたしは言った。

「就職試験？」

彼は意外そうな表情でその単語を繰り返した。

「ええ。最初は小麦粉の会社。次が化粧品を調合する会社、その次がハサミのデザインをする会社、そしてきのうは絵本を作る会社です。でも全部ダメ。どこもうまくいきませんでした」

わたしは水薬の瓶を意味もなく揺らした。

「きのうの面接もひどいものでした。幼児向けの絵本だからって、気軽に考えすぎていたくてもいいんです。そうしたらいきなり、二歳から三歳児向けの自動車の絵本を編集するとして、働く自動車の種類を三十以上あげてみて下さいって言われたんです。パトカー、救急車、消防車。ここまでは順調でした。ブルドーザー、クレーン車、タンクローリー、コンクリートミキサー車、ゴミ収集車……。もうここまでくると想像力が働かなくなって、いくらがんばってみても一個も浮かんでこない。苦しまぎれに最後に、霊柩車って答えました」

「それはすばらしい解答だよ。二歳の子供にも、ちゃんと霊柩車を教える必要はある」

そう言ってYは笑った。

「でも、霊柩車が載った絵本なんて、どこの本屋さんに売っているのかしら」

わたしも一緒に微笑みながら、つぶやいた。耳鳴りと二人の声が響き合い、柔らかい音色で弾けた。

「会社っていうのは、わたしが日頃考えもつかないさまざまなものを、真剣に作っているところなんですね。小麦粉には小麦粉の、ハサミにはハサミの、絵本には絵本の常識があり道徳があり哲学がある。自分は今まで何かを作ったことなんてあったかしら、と思うと愕然としました。何にもない。クリップ一個、カイワレ大根一本、自分で作ったことがないんです。急に自分が情けなくなって、嫌な気持になりました」

「僕だって、自分では何も生産しない人間だよ。書き写すだけ。あっけないくらい単純なんだ」

「単純だなんてことないわ。あなたの指は十分に精巧だし、真摯だし、優しいもの」

Yは照れたようにうつむき、指先を曲げたり伸ばしたりした。しずく型のあざが、きつすぎる暖房のせいでいつもより赤色の濃さを増している気がした。彼はひととき指を動かしてから、神聖な声で、

「ありがとう」

と言った。

そのあとYは指を折りながら、働く自動車の種類を次々と教えてくれた。献血車、ボトルカー、除雪車、冷凍車、キャリアカー、レッカー車、撒水車……。あっという間に指が足りなくなった。それでも彼はあらかじめ用意してきた単語カードを読み上げるように、切れ目なくいくらでも車の名前をあげることができた。テレビ中継車、タラップ車、ロードローラー、バルク車、モーターグレーダ……。彼が口にするとそれらは、ただの味気ない無意味な単語ではなく、魅惑的な物語を持った言葉に聞こえた。神話に出てくる女神の名前を聞いている気分だった。

いつの間にかテレビのスイッチが消えていた。診察室から出てきた医者は、白衣のすそを揺らしながら入院病棟へ続く薄暗い廊下に消えていった。薬剤師は片隅のソファーで編

み物をしていた少女の名前を呼び、最後に残った一袋の薬を手渡すと、音もなく窓口のカーテンを閉めた。少女は編みかけの手袋を大事そうに学生鞄にしまい、正面玄関から出ていった。あとにはもう、わたしたちしか残っていなかった。ソファーも電話も観葉植物も天井のレリーフも、わたしたちの周りでひっそりと目を閉じていた。

穴ほり建柱車、重機運搬車、トラックブレーカー、装甲化学車、……。待合室の床を彼の声がどこまでも、遠く流れていった。

F病院を出て、わたしたちはしばらく夕暮れの街を歩くことにした。夕闇に染まりはじめた空は高く、雲はなかった。通りをゆく車の列には、ぽつぽつとスモールランプがついていた。風は強く、冷たかった。

街の中でも耳鳴りの様子に変わりはなかった。もう随分長く続いているのに、めまいも頭痛も起こらなかった。それどころか着なれた温かいセーターのように、耳のひだになじんでいた。

Yは上品な色のコートをはおり、それによく似合うカシミヤのマフラーを巻いていた。とても寒かったので、お互い寄り添い風をよけ合いながら歩かなければいけなかった。時々彼のコートがわたしの肩に触れた。

「あなた自身に関わりのある話を、何かしてくれませんか」

信号を待つ人々の群れの中で、わたしは言った。

「僕自身?」

彼は首をかしげてわたしを見た。

「はい。指以外のあなたについても、もっと知りたいんです。兄弟や初恋や趣味や住んでいる家や、そういう平凡な話」

「困ったなあ。僕はそういうことにあまり慣れていないんだ。誰も速記者の私生活になんて、興味を示さないからね」

彼は足元の枯葉を蹴った。長い信号だった。周りにいるのはほとんどがサラリーマンで、待ちくたびれて不機嫌そうだった。みんなビジネスの話をしていた。わたしたちのように悠長な会話をしている人はいなかった。

「そうだなあ。子供の頃飼っていた犬のことなら、話せるかもしれない」

やっとランプが赤から青に変わり、みんな一斉に動きだした。その波に押されてわたしたちも横断歩道に出た。

「あなたは犬を飼ったことがありますか?」

わたしは首を横に振った。

「僕が飼っていたのはラブラドール・レトリーバーで、ちょっと特殊な犬でした。盲導犬になるための子犬なんです。盲導犬訓練所から子犬を預かって、訓練が始まるまでの一年間世話をするんです。里親ボランティアですね、つまり」

横断歩道を渡るとわたしたちは左折し、地下鉄の駅を通り過ぎて街路樹沿いに歩いた。特別、目的地はなかった。

「こんなつまらない話でいいのかな」

「ええ。つまらないなんてことないわ。でも、犬のことばかりじゃなくて、その犬を飼っていた子供の頃のあなたについても、ちゃんと話して下さいね」

うん、うんと、彼は二度うなずいた。

「将来、盲導犬になるわけだから好き勝手に育てられるわけじゃないんです。ちょっとしたルールがあるんだ。まずトイレのしつけ。これは絶対にあとで直すことができないし、盲導犬不適格とみなされる一番の原因になるから、厳しくしつけないといけない。それから他の犬と一緒に飼わない。依存心が強くなったり、吠える癖がついたりするからね。あとは公園や買物に連れ出して社会に触れさせることや、ジステンパーのワクチンを受けることや、成長記録をつけること。そんなところかな」

「結構、大変そうですね」

「そんなことないよ。愛情を持って育てることが、すべての基本だから。犬を愛することは、たやすいことです。人間を愛するよりはずっと原始的で純粋だと思う。僕の家はしつけが厳しくて、他の子供たちと泥んこになって遊ぶのを許してくれなかった。犬だけが遊び相手だったのです。それに僕は、子犬をそういうふうにきちんと育てることが、楽しくて仕方なかった。教えたことが全部報われるんだ。僕がしつけたことをちゃんと守ろうとしている。そのけなげな目が僕の宝物だった。けなげであることのいとおしさを、子犬から学んだんです。それからもう一つ僕をわくわくさせたことは、名前を自分でつけられることでした。子犬は僕のつけた名前を持ったまま訓練所に戻り、盲導犬となり、僕の知らないどこか遠くで、目の不自由なご主人に仕える。そのことは僕に、ロマンティックな想像をかきたてました。名前をつけられることが、何よりの特権に思えたんです」

「どんな名前をつけたんですか」

「一番最初の子犬はハナ」

「ハナ……かわいい名前だわ」

「さんざん考えた挙句に、どうしてそんな単純で古めかしい名前にしたのか自分でも分らないけど、とにかく僕はそれが気に入っていた。その短い一言が、僕だけの秘密の暗号みたいに大事なものになったんです」

子供の頃の彼の指はどんなふうだったのだろうと、わたしはふと思った。今よりはずっと小さく丸みがあって、いつも温かく、一本の皺もないつるつるした肌をしていたのだろうか。ただあのあざだけは、同じ場所に同じ形でもうあったのだろうか。わたしは犬の背中を撫でる、幼い彼の指を思い浮かべた。

「でもいつかは、訓練所へ返さなければいけないんでしょ？」

「ええ。たった一年でお別れです。ハナと別れるというのがどういうことか、その頃の僕には想像できない問題でした。ある日訓練士さんがやってきて、ハナを連れて行ってしまいました。『立派な盲導犬になるんだよ』と言って、家族は手を振りました。でも僕はただじっとその場面を見つめるだけでした。泣きたかったけど、胸が苦しくて涙は出てこなかった。ハナが小さくしっぽを震わせたことと、訓練士さんが僕を抱き締めてくれたことを憶えています。ただそれだけの話です」

どんどん陽は落ちてゆき、風は冷たさを増していった。すれ違う人たちはみんな急ぎ足でどこかへ去って行った。頬がシャーベットのように凍りつきそうだった。でも少しも、辛くなかった。暖かい部屋も飲み物も欲しくなかった。今はただ、できるだけ長い時間をYと過ごすことが大事なのだ、という確かな予感がわたしにはあった。どこからそんな予感がやって来るのか、分らなかった。それは耳鳴りの音色と溶け合い、わたしの胸を満たしていた。

ジャスミンでもいい盲導犬でもいい、何かで彼を引き止めておきたいと思った。そうしないと彼はまたあの座談会の時と同じように、一つの痕跡も約束も残さないまま消えてしまうだろう。そしてわたしの耳はすぐに壊れ、彼の記憶を忘れてしまうのだ。頬の冷たさよりも、そのことの方がずっと辛いことに思えた。

わたしたちはオフィスビルや、高級なマンションや、小学校のグランドや、真新しい陸橋を通り過ぎた。ハンドバッグの中で水薬がチャポチャポ揺れているのが分った。夕闇が広がるにつれ、空は氷が張ったようにしんとしてきた。今にもその空の遠い一点から、粉雪が舞ってきそうだった。

ビルとビルの間に緑の茂った小さな公園があった。中に入ってゆくと奥は案外深く、暗かった。木立のおかげで風がいくらかやわらいだようだった。

「そのあと、盲導犬になったハナとは会ったんですか」

ベンチに腰掛けながらわたしは聞いた。彼は首を横に振り、マフラーをはずしてわたしに貸してくれた。

「いいえ。海のそばの小さな町へ行ってしまいましたから。子供の僕が想像もできない遠いところです」

わたしは素直にマフラーを受け取り、首に巻いた。カシミヤが彼の体温そのもののようにわたしを包んだ。

「訓練を受けても、三割くらいしか盲導犬になれないんです。だからハナは優秀だったんでしょうね。でも僕はそれ以後、里親ボランティアはやめてしまった。その代わり訓練で落ちこぼれた犬を育てる、失格犬ボランティアと、盲導犬を引退した老犬の世話をする、退役犬ボランティアに転向しました。元気な犬と別れるより、犬の死と関わる方が僕にとっては心安らかだったんです」

彼は書類入れを脇に置き、両手をコートのポケットに深く沈めた。そのささいな仕草はわたしをがっかりさせた。指が見えていないと、彼の雰囲気が急に不安定ではかなげなものになってしまうからだ。わたしはポケットの上からでも彼の手を握り、指の一本一本を確かめたい気分だった。

わずかに残った光やビルの明かりを、濃い緑が閉ざし、公園はすっかり夜になっていた。ベンチの横に立っている電灯は、弱々しく宙を照らすだけであまり役には立っていなかった。向かいの木陰に見えるベンチでは、恋人同士が抱き合っていた。

「こんなつまらない話でよかったかなあ」

彼はつぶやいた。喋っているあなたは、速記をしているあなたと同じくらい意味深いわと、わたしは答えたかった。でも実際は、マフラーに頬を埋め、微笑むだけしかできなかった。

わたしたちはしばらく、黙って公園の暗がりを眺めていた。お互い何か喋ろうと無理はしなかった。わたしは耳鳴りだけを聞いていた。夜、風に吹かれながら聞くと、それは一層魅力的だった。

でも、どうしてもその音色の種類を突き止められないことで、わたしはいくらか不安になっていた。あまりにもいつもの耳鳴りとは違いすぎていて、どこから手をつけたらいいのか分らなかった。じわじわと耳鳴りがわたしを侵食してゆき、いつの日か自分の耳はその音を聞くためだけのものになってしまうのではないかしら、という気がした。

できることなら耳を取り外し、一つ一つの部品を慎重に点検し、埃がついているところは刷毛で払い、曇っているところは清潔な布で磨きたかった。そして一番デリケートで入り組んだ透き間に隠れている、その音の泉に掌を浸したかった。

わたしは髪の毛の中に左手をすべり込ませ、左の耳に触れてみた。それは冷凍室でかちかちにされた一切れのチーズのように、冷えきっていた。掌で温めてみようとしたが無駄だった。掌も指先も髪の毛も同じくらい冷たくなって、感覚をなくしていたからだ。温もりが残っているのは、彼の貸してくれたマフラーと、耳の奥だけだった。

「まだ、聞こえますか？」

彼が不意に言った。

「さっき、病院であなたが聞いていた音」

「はい」

わたしは答えた。

「F病院からずっと、一度も途切れることなく、あなたの声を邪魔することもなく」

ベンチの恋人たちはお互いの身体の透き間をすべてふさごうとするかのように、ぴったりと抱き合っていた。木立の葉を揺らして、黒い小さな鳥が飛び去っていった。

「お願いがあるんです」

その日、彼に会ってからずっと思い続けていたことを、わたしはやっと口にすることができた。

「わたしの耳のために、あなたの指を貸してもらえませんか」

9

自分の家のダイニングテーブルにYが坐っているのを眺めるのは、妙な気分だった。しかも以前そこに夫が坐っていたことを思うと、この数か月の時間の流れが特殊な道筋を持ったものに思えた。

でも、コートとマフラーをハンガーに掛け、背もたれに深く身体を沈め、向かい合ってココアを飲んでいるうち、すぐに彼はこの部屋になじんできた。なれなれしいというわけではなく、かしこまっている様子でもなく、自然にわたしの前に存在していた。昔からあるこの部屋の雰囲気や匂いや空気の流れを乱すことなく、うまく自分のための空間を見つけていた。これも優秀な速記者のための条件なのだろうかと、わたしは思った。

わたしは特別に熱いココアを入れた。とにかく、かじかんだ彼の指を温める必要があった。クリームをたっぷり浮かべたココアが、一番冷めにくい飲み物だと、わたしは知っていた。

「いつでも好きな時に、始めて下さい。僕はもう準備できたから」

彼は空になったマグカップを端に寄せ、例のボールペンと例の紙の束を取り出した。指を屈伸運動させたり、ボールペンの試し書きをしたり、そういう思わせぶりな仕草は何一つなかった。左手で紙の角を軽く押さえ、右手でボールペンを握る。ただそれだけだった。シンプルで、謙虚だった。

「はい。不都合なことがあったら、何でも言って下さいね。照明が暗すぎたり、声が小さすぎたり、ココアのおかわりが欲しくなったりしたら」

彼の指が独り占めできることで、わたしはいくらか緊張していた。

「ええ、大丈夫。何も不都合なんてありません」

彼はわたしの言葉を待っていた。

自分に耳があるなんて気づきもしないで生きていた頃、何もかもが当たり前でした。一人のもの静かな男性と恋をし、結婚しました。この部屋で食事をし、笑い、けんかをし、そして眠りました。確かに、小さな波風はありました。ルビーの婚約指輪を空き巣に盗まれたり、彼のお母さんが心臓の手術をしたり、そういうことです。でも、すべてわたしの想像力が及ぶ範囲の出来事でした。

ところが、いつの頃からかそういう当たり前の出来事が、少しずつ少しずつ歪みにはまってゆくようになりました。わたしの手の届かない所で、あちこちにねじれが生じ、修正不可能になりました。そのことがどういう意味合いを持つのか、分りません。ただはっきりしているのは、すべてが耳から始まったということだけです。

少し前置きが長くなったでしょうか。そう、今日はこの耳鳴りについて話さなければいけないのでした。それが、自分の耳の正体を見きわめる手がかりになる気がするからです。音色を何かにたとえてみたくて仕方ないのです。

一言で言うと、ずっといつまでも聞いていたい、と思わせるような耳鳴りなんです。そんなことってあるでしょうか。今までなら耳鳴りのたびに、おびえながら早く消えて欲しいと祈っていたのに。

音色は鼓膜を突き刺す機械的なものではなく、もっと潤いを帯びています。かと言って、昆虫や動物の身体が発する生々しい音とも違います。もっと抑えがきいていて洗練されているのです。

注意深く聞いていると、微かに震えているのが分ります。その震えがまた、わたしを引き付けます。頼りなげで、思わず両手をさしのべ、胸に引き寄せたくなるのです。

今日、あなたに会えたことは幸運でした。あなたのおかげで、この耳鳴りを言葉と文字に置き換えてみることができるのですから。一人だったら、わたしはどうすることもできなかったでしょう。

病気になってからわたしは、ずっと一人きりでした。誰もこの歪んだ耳を気に留めてくれる人などいませんでした。ただ一人、甥のヒロだけは例外と言えるかもしれません。でも彼に理解してもらうには、あまりにも話が微妙すぎます。何といっても彼はまだ、十三歳なのです。

こうしている間にもまだ続いています。遠のいたり激しくなったりすることはありません。ずっと同じ姿を保っています。いったいどこまで続いてゆくのでしょうか。わたしはそれが消えないことを心配しているのではなく、消えたあともう二度と自分の耳へは帰ってこないのではないかと、そのことを恐れているのです。

分ってもらえるでしょうか。


わたしが話し終えるのと、Yがボールペンを置く一瞬は、さっき公園で抱き合っていた恋人たちのように、透き間なく一つに重なっていた。わたしは長い息を吐き、彼はボールペンのキャップをしめた。穏やかに静けさが訪れた。

どこで話を終わりにしたらいいのか、わたしには見当がつかなかった。もっと延々と喋り続けることもできそうだったし、彼の指をあまり疲れさせたくない気もした。『分ってもらえるでしょうか』と言ったのは、深刻な意味を含んでいたわけではなく、終わりの合図を送りたかっただけだった。彼には何も分ってもらう必要などなかった。彼の指にわたしの言葉を吸い取ってもらうだけで、十分なのだった。

彼は麻の紐の結び目を解き、速記した数枚の紙を束からはずして渡してくれた。

それはわたしが今まで一度も手にしたことのないタイプの紙だった。大学ノート一枚分くらいの大きさで、罫線や縁取りやマークや、そんな出所を示すような証拠は何一つない、ただの真っ白い紙なのだが、その手触りがはっとするくらい際立っていた。人工的なつるつるした感じがなく、自然に近い白さで、ほどよい張りとやわらかみを持っていた。人間の皮膚のようだった。

外はとうとう雪が降り始めていた。地上から離れたこのベランダでは、雪は下から舞い上がり、四方へ飛び散っていた。夜の闇の中に、細かい模様を描き出していた。乾いた粉雪で、積もりそうにはなかった。

本当に見せてもらっていいのかしら、というつもりで、わたしはもう一度彼に目をやった。彼は口元だけでうなずいた。

ついさっき喋っていた言葉が今自分の手の中にあるということが、最初はうまく理解できなかった。わたしはまずぱらぱらと紙をめくり、その全体の姿を眺めてから、ゆっくり最初の一枚を広げた。わたしたちにはいくらでも時間があった。二人の間を惑わせるものは何もなかった。ここで動いているのは、粉雪だけだった。

もちろんわたしにはそれを読むことはできなかった。不思議な速記用の文字に隠されている、文法を理解することもできなかった。それを文字と決めつけていいものかどうかさえ、自信がなかった。

わたしは綴じ紐用の穴の位置で、紙の方向が間違っていないことを確かめた。それ以外、文字の流れてゆく方向を知る手がかりはなかったからだ。穴は機械で開けたきれいな丸ではなく、錐を突き刺したような素朴なものだった。

「ここにさっきの言葉がすべて、封じ込められているのですか」

わたしは紙から目を離さずに言った。

「はい、そうです」

彼はテーブルの上で両手を休めていた。

「どこかに鍵が隠されているんでしょうか。モザイク模様の一つを押すと、秘密の引き出しが開くみたいに、どこかをちょっと操作すれば、すらすら解読できるようになるのかしら」

「いいえ。鍵なんてどこにもありません。目に見えている姿、それがすべてありのままなんです」

彼の向こう側で雪は休みなく舞っていた。窓についた水滴のせいで、夜の街がにじんで見えた。

わたしは根気強く速記の文字を観察し続けた。すると段々、最初の戸惑いが消えてゆくのが分った。どんなに意味不明の形をしたものであっても、そのまま受け入れてみようという気分になってきた。

まず、ボールペンの青色が目の緊張を和らげてくれた。紙質とよくなじんだ美しい色だった。その青色が紙一面に、点やはねや、伸びやかな曲線や横線を描いていた。わたしはそうした一個一個の形に、意味を当てはめてみようとするのはあきらめた。実際、一番最初に喋った言葉も忘れてしまったので、意味を探ることは不可能だった。そのうえ、どこまでが一つの文字なのかさえはっきりしないのだった。

わたしは全体を眺めることにした。一続きの長い模様として眺めると、それは急に魅力を増した。すぐに飽きてしまうほど単純ではなく、目を疲れさせるほど複雑でもなく、バランスがすばらしかった。所々に緊張があり緩みがあり、輝きがあり陰があった。丁寧で優しく自由だった。

わたしは全部の紙を、同じ時間をかけて見つめた。青い一筋の糸をどこまでもたどっていった。彼は黙って待っていた。

「今わたしは、耳鳴りを手にしているんですね」

自分に言い聞かせるように、わたしはつぶやいた。彼は何も答えず、指を組みかえた。耳と手と、両方でこの音色を味わえることが、すばらしく貴重なことに思えた。

慣れてくると、青い糸からいろいろなものを読み取れるようになった。ボールペンの先を押しつけた小さなくぼみや、インクのかすれや、流れの速さの違いや、そういう細かい表情だった。いつの間にか耳の奥の音のリズムと糸のリズムが気持よく重なり合い、音をたどっているのか糸をたどっているのか、あいまいになってきた。わたしにとっては、どちらも同じことだった。

その時不意に気づいた。ずっと分らずにいたことが、何の前触れもなく急に姿を現わした。もう一度青い糸に目をやり、間違いないことを確かめた。

「ヴァイオリンだったのよ、この耳鳴りの音色は」

わたしはヴァイオリンという言葉を、ゆっくり大事に口にした。彼はうなずきながら、胸の中でその言葉をつぶやいているように見えた。

「どうしてそんな簡単なことに、気づかなかったのかしら」

分ってみれば、確かに簡単なことだった。わたしは上等な毛布ですっぽり包まれたように安心し、髪の上から両耳を撫でた。

「そうよ。ヴァイオリンよ」

わたしは繰り返した。彼は微笑んでいた。わたしも心の底から、思いきり無邪気に微笑みたい気分だった。

「あなたの指のおかげです」

わたしはテーブルの上でとんとんと紙をそろえ、彼に返した。

「どういたしまして」

と言って彼は、それを書類入れの中にしまった。ボールペンと残った紙の束も、一緒に片付けた。テーブルには、彼の指だけが残った。


そのあとわたしたちは急にリラックスし、ソファーに移ってワインを飲んだ。冷蔵庫にまともな材料は残っていなかったが、ありったけのものを使って料理を用意した。コーンフレークを衣にして冷凍の羊肉をフライにし、松の実と小松菜をバターで炒め、サラミソーセージを薄切りの胡瓜ではさみ、この前ヒロが持ってきてくれたかりんのシロップ漬けを、ガラスの器に盛りつけた。

自分でもびっくりするくらい手際よく料理することができた。あらかじめ手順を予習していたかのようだった。料理が完成するのと同時に、フライパンも鍋もガス台もきれいに片付いていた。思いつきのメニューのわりには、味もまあまあだった。台所で温まった空気はすぐに部屋中に広がり、窓に新しい水滴を作った。

ワインの栓はYが開けてくれた。人間がほとんどの仕草を指でやってしまうことに、わたしは感謝した。人間がワインの栓を鼻で開けるのでなくてよかった、と思った。おかげで、いろいろな仕事をする彼の指に出会うことができるのだった。らせん状になった栓抜きの先やコルクや瓶の口が、彼の指とどんな様子で調和しているか、わたしはしばらく見つめていた。ポンというきれいな音と一緒に、コルクが抜けた。

「一つ、聞いてもいいですか」

わたしは紙ナプキンを彼に手渡しながら言った。

「どうぞ」

彼はグラスにワインを注ぎ分けた。

「さっき速記した原稿は、このあとどうなるんでしょう。用がなくなったら、処分されてしまうのかしら」

「いいえ。今まで速記したものは、全部保存しています」

「一枚残らず？」

「はい。湿気のない、光の入らない、頑丈な鍵のかかる専用の部屋に、保存しています。精密に分類された木製の引き出しが、床から天井までびっしり並んでいるんです」

「今日の原稿は、どの分類の引き出しに納まるんでしょうか」

彼はグラスを手に持ったまま、しばらく考えていた。羊肉と小松菜から湯気が立っていた。

「新しい引き出しを開けて、新しいラベルを貼らなくちゃいけない」

「ラベルには何と記入したらいいのかしら」

「『耳鳴り』かな」

冬の夜の部屋に、それは印象的な響きを残した。耳鳴りが、これほどまで素敵な言葉に思えたことはなかった。わたしたちは小さく乾杯した。

ワインは夫が一本だけ残していったドイツ製で、高価な品ではなかった。Ｙの手首のあざと同じ赤色をしていた。その揺れる赤色に彼の指の影が映っていた。指はすっかり温もりを取り戻し、心地よくまどろんでいた。

粉雪は止んだのかと思うと激しくなり、またしばらくすると穏やかになった。風がどこか遠くで渦を巻いていた。モデルの女の子の部屋を誰かがノックしていた。コン。一呼吸おいてコン、コン、コン。その奇妙なノックは恋人が訪ねてきた合図だった。わたしは一度だけ彼を見かけたことがある。一分のすきもないハンサムな男の子だ。彼女が急いでチェーンをはずしているのが分った。そんな一連の音を、わたしは夢の中の出来事のように聞いた。

わたしたちはレコードもかけずテレビもつけず、会話とワインと耳鳴りだけを楽しんだ。わたしは耳で、彼は指に残った感触でヴァイオリンの響きを味わった。

「F病院の待合室で、手袋を編んでいる女の子がいましたね。気がつきましたか?」

わたしはそう言って、彼の皿に羊肉と付け合わせの野菜を取り分けた。彼は、うんとうなずいた。

「誰かにプレゼントするのかしら」

「たぶんね。毛糸が水色だったから」

「きっと、バレンタインデーのチョコレートに添えて、好きな人にプレゼントするんでしょうね。毛糸玉を大事に大事に掌で転がしていたわ」

「あなたは手袋を編んだことがありますか」

「ええ。ずっと昔。やっぱり好きな人のために。でも、手袋ってとても難しいんです。右手と左手と向きが逆でしょ。親指が内側で小指が外側で、それは一緒なのに向きが逆なの。

当たり前ですけど。指の長さも方向も間隔も、一本一本全部違う。こんな複雑なものをどうやって一本の毛糸で包んだらいいんだろうって、途方に暮れました」

「それで、手袋は完成したんですか」

彼はセーターの袖口を少しだけ持ち上げた。よく見るとセーターの胸の模様は、速記の文字に似ていた。

「何とか。でも、親指と人差し指の間に大きな穴が開いてしまって、とてもプレゼントできるような代物じゃありませんでした。だからわたしは、親指と人差し指の間の空間を見るたびにいつも、頼りなげに弛んでいた毛糸の穴を思い出すんです」

彼は右の掌を広げ、わたしが言うその空間に目をやっていた。

「あなたは手袋を持っていないのですか」

わたしは尋ねた。

「持っていません」

「大切な指なのに……」

「ポケットがあれば十分ですよ」

彼は微笑み、一杯めのワインを飲みほした。彼を見つめながら、あれはヴァイオリンを弾く手を温めるための手袋だったんだと、わたしは思い出していた。そしてあの少年の指の形を思い起こそうとした。確かに彼は弦を押さえ、弓を動かしていた。でもわたしは、彼に指があったことさえ思い出すことができなかった。

夜は深まり、ワインは静かに減っていった。わたしは少し酔って、胸がどきどきしていた。そう、Yがここにいてくれる限り、すべての指の記憶をなくしてしまってもかまわないんだ、とわたしは思った。

「さっきのようなタイプの仕事をするのって、たぶん初めてなんでしょ？　つまり、話し言葉を文章にするための速記じゃなくて、速記のためだけの速記なんて」

胸の鼓動を鎮めるように、ゆっくりとわたしは喋った。

「そうだね。でも僕は、仕事の目的になんてこだわらないから。今晩の速記は、午前中の政治家の座談会に比べれば風変わりだったかもしれないけど、僕がつべこべ言うべき問題じゃないしね。目的のためにじゃなく、ただ目の前で宙に舞っている言葉のためだけに、僕はボールペンを動かしているんだ」

彼は言った。

「あなたと会っていると、速記者になるための重要な条件が、見えてくる気がします」

「例えば？」

「一つ、余計なことをつべこべ喋らない」

「うん。確かに重要な条件かもしれない。それから？」

「一つ、自分を目立たせない方法を心得ている。一つ、耳がいい。一つ、辛抱強い。一つ、指が魅力的である」

彼は興味深そうに耳を傾けていた。そしてくすくすと笑った。

「すごい、それだけ分っていたら、君だって立派な速記者になれるよ」

「無理だわ。だって、わたしの耳は病気だもの」

「君の耳は病気なんかじゃない。それは一つの世界なんだ。君の耳のためだけに用意された、風景や植物や楽器や食べ物や時間や記憶に彩られた、大切な世界なんだよ」

彼は微笑みの余韻を目元に残しながら、そう言った。わたしはその意味が十分には理解できなかったが、彼の声があまりにも優しかったので、すべて分り合えたかのように深くうなずいた。それは今までわたしの周りにいたどんな人からも感じたことのない、甘美な優しさだった。

わたしたちはもう一度、乾杯した。

次の日目が覚めると、ヴァイオリンの耳鳴りは消えていた。でもわたしはあわてなかった。Ｙの速記してくれた文字や、紙の感触や、ワインの味を憶えている限り、いつでもまた好きな時に、あの耳鳴りを呼び戻すことができる気がしたからだ。

10

毎年、その冬の一番寒い日に、わたしの誕生日が巡ってくる。冬の森の奥に落ちている凍えた木の葉のように、ひそやかな一日だ。何もかもが寒さのために身動きできず、風さえも空で凍りついてしまうような一日だ。

誕生日のお祝いをしようと、ヒロとYが続けざまに電話で誘ってくれた。それならば、三人一緒に美味しいものでも食べましょうということになった。Yはすぐに承知してくれたが、ヒロは少し面くらっていた。わたし自身、Yのことをどう説明していいか戸惑っていたのだから仕方ない。とにかく、わたしの一番新しいお友だちよ、ということで、ヒロもそれ以上余計なことは聞かなかった。

わたしたちはその日、お昼の十二時に例のホテルのダイニングに集まった。ヒロがお母さんの目をかすめて夜外出するのは難しいので、ランチのパーティーということになった。

彼は時々わたしと会っていることを、親たちには内緒にしている様子だった。

「一つでもたくさん、秘密を持ちたいんだ」

と彼は、大人ぶって言った。

わたしは車寄せから、二階の踊り場の封印された窓を見上げた。そして、取り壊されてしまったバルコニーの姿を想像してみた。窓枠の下には、バルコニーの石のかけらがまだ残っている気がした。そこは、すとん、とした空間になって、宙に浮かんでいた。

Yとヒロの顔合わせはうまくいった。ヒロは人見知りする子供のように黙りこくることもなく、かといって質問攻めにすることもなく、思慮深さと無邪気さを適切に使い分けていた。初めて会った時の、半ズボンにランドセル姿の彼と比べると、驚くべき成長ぶりだった。Yは、彼を立派な大人として扱った。

夜と昼間で、ダイニングの雰囲気はすっかり違っていた。ボーイの顔ぶれも調度品も音楽も変わりないのに、同じ部屋とは思えないくらいあらゆるものが新鮮に見えた。それはたぶん、わたしたち三人の組み合わせが微妙なものだったことと、降り始めた雪のせいで窓が白く輝いていたからだと思う。

相変わらずお客は少なかった。料理は魚中心で、すずきや黒鯛やうにや海藻や渡り蟹が次々と運ばれてきた。ディナーよりはあっさりしていて、食べやすかった。どの皿も一番にヒロが平らげ、次がY、最後がわたしだった。一皿一皿、規則正しく気持よく進んでいった。

料理が一通りすみ、テーブルが整えられると、ボーイがバースデーケーキののったワゴンを押してしずしずと近づいてきた。苺と生クリームとろうそくで飾られた、正統なケーキだった。ボーイはそれを生まれたての赤ん坊のように大切に扱った。ケーキの表面を一ミリも傷つけずに、マッチでろうそくに火をつけていった。

二人はもの静かな他の客たちの邪魔にならないよう、顔を寄せ合い、小さな声でＨａｐｐｙ ｂｉｒｔｈｄａｙ ｔｏ ｙｏｕ！ を歌ってくれた。二人の声と一緒に、ろうそくの炎が揺らめていた。それは雪明かりの中で、宝石のようにきれいに見えた。一息で吹き消してしまうのがもったいなく、一本一本ゆっくりと息を吹きかけていった。

ヒロはいつプレゼントを渡そうかと、そわそわした様子だった。ズボンのポケットが右だけふくらんでいて、そこにプレゼントが隠れているのはすぐに分った。ヒロはＹに目で合図したあと、

「おめでとう」

と言いながらそのポケットのプレゼントを手渡してくれた。

真四角の箱を開けると、ガラス製の丸いペーパーウエイトが入っていた。透明なガラス

の内側に万華鏡のような花模様が広がり、向きを変えるとその色合いや形が微妙に変化した。五本の指で包むのにちょうどいいくらいの、丸みと重さを持っていた。触れるのが怖いくらいに透き通っていた。

「ありがとう。ずっと大切にするわ」

わたしは大喜びで言った。ヒロは照れてただ微笑んでいるだけだった。

「じゃあ、今度は僕から」

一緒に箱をのぞき込んでいたYが、やはりズボンのポケットから、ヒロのよりはもう一回り小さい箱を取り出した。香水だった。

それは繊細なカットをほどこした、洋梨型の小瓶に入っていた。蓋を取ると、それまでかいだことのない香りがあふれてきた。決してきつすぎず、胸一杯に吸い込みたくなるようなすがすがしさがあった。パッケージにも瓶にも香水の名前はなく、お手軽な化粧品会社のものではなさそうだった。どことなく雨上りの植物園を連想させる、しっとりした香りだった。

「君のイメージに合う香りを調合してもらったんだ」

Yが言った。わたしについてのイメージを説明しながら、彼が香りを探している場面を想像してみた。その想像はわたしを幸福な気分にした。彼がどんな基準でこれを選んだのか尋ねてみたかったが、そんな勇気はなかった。代わりにもう一度、香水をかいだ。

「自分のためだけの香りだなんて、素敵だわ。ありがとうございます」

わたしは何度も頭を下げた。

「ねえ、今ここで、つけてみてよ」

ヒロが言った。わたしは人差し指の先を香水で湿らせ、耳たぶの後ろにつけた。ひとときその香りは三人の間を通り抜け、ゆっくり宙に吸い込まれていった。

「どうして香水って、耳の後ろにつけるんだろう」

どちらへともなく、ヒロが尋ねた。

「さあ……」

Yは窓の向こうで降り続けている雪に目をやりながら、わたしは手の中の小瓶を見つめながら、しばらく考えていた。

「身体の中で、一番奥ゆかしい場所だからじゃないかしら」

わたしは答えた。

「香水には、そういうひっそりした場所が似合っているのよ。耳の後ろにあざがあっても、火傷の跡があっても、誰も気に留めないでしょ？　そこがどんな形をしているのか、ちゃんと自分で分っている人なんていないと思うわ。はっきり確定できない抽象的な場所から漂ってきた方が、香水は魅力的だもの。まばたきするたびに、瞳から香りがあふれてきたら不気味よね」

「うん、確かに」

二人はうなずいた。

「耳の後ろって、あらかじめ失われた場所なんだわ」

わたしは独り言のようにつぶやいた。

バースデーケーキはテーブルの真ん中で、プレゼントのやりとりが終わるのをじっと待っていた。

11

「すごい雪……」

　ホテルの回転扉を通り抜けた所で、ヒロとわたしは同時に声を上げた。Ｙは空を見上げ、目を細めた。知らない間に前庭も美術館も噴水も空も、すっぽり雪に埋まっていた。まだあとからあとから、休むことなく雪は舞い下りてきていた。どちらを向いても、その白さと冷たさのせいで、目頭が痛いくらいにまぶしかった。

「申し訳ございません、お客様。この雪でタクシーが大変つかまりにくくなっております。道もあのような状態ですし」

　雪の積もった道路には、車が恐る恐る這うように連なっていた。あちこちでスリップとクラクションの音が響き、ガードレールにぶつかって立往生しているスポーツカーもあった。ドアボーイは恐縮し、おろおろしていた。頬が寒さで赤くなっていた。

「ええ、構いません。地下鉄の駅まで歩きますから」

そう言ってYは、目でわたしたち二人に了解を求めた。

ヒロはバスケットシューズ、Yは革靴、わたしはパンプスで、雪の中を歩くには骨が折れたが、久しぶりの雪には何となくわくわくさせられるものがあって苦にはならなかった。二人が真ん中にわたしをはさみ、横一列になって歩いた。右腕でヒロ、左腕でYにつかまった。コートの右ポケットにはペーパーウエイト、左ポケットには香水が入っていた。

公衆電話、パーキングメーター、街灯、看板、放置自転車、三人の髪の毛と肩、とにかく形のあるものにはすべて雪が積もっていた。一ひら一ひら指でつまんで感触を確かめることができるくらい、たっぷりとした雪だった。上を向くと空には雪以外何も見えず、めまいがしそうだった。雲がどこへ流れているのか、あとどれくらいで夕暮れがやってくるのか、見当もつかなかった。

でも不安はなかった。やはり雪は美しかったし、何よりも一年に一度しかない誕生日だったからだ。

一歩踏み出すたびに三人の足は雪の中に埋まり、靴は真っ白になった。誰かがよろけそうになると誰かの腕が支え、くすくす笑いながらバランスを取り合った。バースデーパーティーの続きで、ゲームかダンスをやっている気分だった。一番よたよたしていたのはわたしで、Yはどんなにわたしが強く腕に寄り掛かってもびくともしなかった。

「雪国育ちなの？」

ヒロがＹに尋ねた。

「いいや。初めて雪を見たのは大人になってから、たぶん十九か二十歳くらいの時」

「へえ。その時、どんな気持がした？」

「僕の靴で汚すのはもったいない気がした。それで一日中、部屋にこもって外を見てた」

「それにしては、雪道を歩くのが上手だね」

「そうでもないよ」

また転びそうになったわたしの身体を抱えながら、Ｙは言った。彼の肩から雪のかたまりがこぼれ落ちた。

わたしたち以外に歩道を歩いている人はまばらだった。ずっと先の方と反対側の歩道に、ぽつんぽつんと人影が見えるだけで、すれ違う人も追い越して行く人もなかった。三人の足音がすぐ耳元で聞こえた。

――Ｙと一緒の時は、どうしていつもこんなふうに、そう、誰からも忘れられた耳の後ろのように、あたりがひっそりとしてしまうのだろう。

足音を聞きながら、わたしは思った。

地下鉄は計器の故障で不通になっていた。それが雪のせいなのか、どれくらいで元通りになるのか、大切なことは何も分らなかった。足止めされた客たちが何人か、切符売場の前でうろうろしているだけで、駅員の姿はなく、ホームはがらんとしていた。当分、電車が入ってくる気配はなかった。

「こんなことってあるかしら」

わたしが不平をもらすと、ヒロは、

「何とかなるさ」

と言って、髪についた雪を払ってくれた。

結局わたしたちはもう一度地上に出て、停留所のベンチでバスを待つことにした。そこなら屋根もあるし、運がよければタクシーを拾えるかもしれなかった。でももう長い時間、この停留所に車が止まった気配はなかった。安全地帯に積もった雪に、一つもタイヤの跡がなかったからだ。時刻表などあてにならないと分っていながら、ヒロは腕時計と掲示板を見比べていた。

ベンチは石造りで、三人が坐るのにほどよい長さだった。石なのに硬くなく、坐りごこちがよかった。時刻表を確かめてしまうと、雪を眺めるより他に何もすることがなくなった。魔法にかけられたように、それは降り続いていた。

「みんな、どこへ逃げて行ってしまったのかしら」

わたしはつぶやいた。歩いている人はもう誰もいなかった。

「わたしたちだけ、取り残されたみたいね」

雪を見ていると、風景がどんどん閉じられてゆくようだった。最後には全部が真っ白になって遠のき、三人掛けのこのベンチだけしか残らない気がした。

仕方なくわたしたちはしりとりをして時間をつぶした。最初は昆虫の名前のしりとり、次は小説の名前のしりとり、次は街の名前、俳優の名前、病気の名前……。つまった人は罰として、他の二人の手を二十秒ずつマッサージすることにした。

やはりYは一度もつまずかなかった。順番が回ってくると、一呼吸おいてから、わたしたち二人が思いもつかないような新鮮な単語を控えめに口にした。そのたびにヒロは「すごい。すごい」と繰り返した。結局わたしの手を温めてくれたのは、ヒロだけだった。

時々横風と一緒に、目も開けられないくらいの雪が吹きつけてきた。そうなるとわたしたちはしりとりを中断し、三人で肩を抱き合って丸くならなければいけなかった。

どれくらい時間が過ぎた頃だったか。野菜の名前のしりとりの最中、『マッシュルーム』の『む』でヒロが降参したちょうどその時、雪の向こうからそろそろとバスがやってきた。白い毛皮に覆われた、大きな哺乳動物のようだった。

安全地帯の手つかずの雪の中で、バスは止まった。シューッと深い息を吐くような音とともにドアが開き、わたしたちを暖かい内側へ招き入れた。

わたしたちは一番後ろのシートに腰掛け、マフラーを取り、ほっと一息ついた。髪の奥にまで入り込んでいた雪のかけらはすぐに解け、髪を濡らした。

中ほどの座席に親子らしい中年女性と若い娘が坐っていた。乗客はそれだけで、あとは後ろ姿の運転手が見えるだけだった。バスは自転車くらいのスピードで、それでも何とか止まらずに進んでいった。バス停らしい場所をいくつか通り過ぎ、交差点を曲がった。窓ガラスが全部、水蒸気と雪で曇っていたので、一体どこを走っているのか見当がつかなかった。わたしはコートの袖口で窓をこすってみたが、効果はなかった。ワイパーの向こうに見えるのも、ただ雪ばかりだった。

「ねえ、このバスの行き先、ちゃんと確かめた?」

「いいや。だって、雪が貼りついて見えなかったもん」

ヒロが首を横に振って言った。

「案内放送もしてくれないなんて変ね」

「何もかも雪のせいさ」

「そうかしら」

「大丈夫。方向はあっているんだから。ちゃんと帰れるさ」

「そうだよ。いつまでもあそこに坐っているわけにもいかないし。とにかく、移動することが大切なんだ」

Yが口をはさんだ。移動という言葉が、初めて耳にする外国語のように、新鮮な響きで聞こえた。

バスはほとんど揺れなかった。哺乳動物が雪の上を無感動に這っているようだった。それでも窓ガラスの水滴は小刻みに震え、次から次へと流れ落ちてきた。

わたしたちがお喋りをやめてしまうと、あとにはエンジンやタイヤの機械音だけが残った。わたしは景色を眺めるのをあきらめ、母親と娘に視線を移した。彼女たちはとてもおとなしかった。二人の周りの静けさには、わたしの気持を引き付ける何かこまやかなものが含まれていた。ありふれた静けさではなく、神経が丁寧に張り巡らされている気がした。どうしてそんなふうに感じるのか、理由はすぐに分った。彼女たちは手話で話をしていたのだ。

二人の指は休みなく動き続けていた。一本残らずすべての指がいろいろに組み合わされ、曲がったり伸びたり絡まったりしながら、何かの姿を表わしていた。かなりスピードがあるのに決して雑でなく、それぞれの形にきちんとしたアクセントがあった。いつまで見ていても飽きなかった。

もちろん話の中身は分らなかったが、二人の表情からすると、それほど深刻な話ではなさそうだった。指の形と形のわずかな透き間で、お互いに時々微笑み合っていた。娘はケープ型の地味なコートをはおり、母親は暖かそうなキツネの襟巻をしていた。ケープ型のコートは指を動かすのに袖口が邪魔にならず、彼女によく似合っていた。

注意深く見つめていると、二人の間が完全な無音ではないことに、段々気づいてくる。指と指がぶつかり合ったり、指が空気を滑ったりする、音ともいえない微かな揺れが漂っているのだった。わたしはそれを指のつぶやきのように聞いた。

十本の指で、いったい何種類の言葉を作ることができるというのか、とにかく次から次へと思いもつかない魅力的な形が、パレードのように繰り出されてきた。彼女たちの指は迷ったり、間違えたり、ためらったりすることがなかった。素直で、一生懸命だった。あれで関節が疲れないのだろうかと、心配になるくらいだった。

わたしは自分でも、真似をしてみたいと思った。それで胸の前で、こっそり指を動かしてみた。でも、間が抜けていて、少しも美しくなかった。彼女たちの指と自分の指が、同じ種類のものだとはとても思えなかった。

「あなたが手話でお話してくれたら、素敵でしょうね」

わたしはYの耳元に口を近づけて言った。

「どうして?」

「だって、あなたの指は働き者だから。わたしのみたいに、呑気にただここへくっついてるだけというのとは、違うもの」

「そんなことないよ」

「いつかあなたの指と会話してみたいわ」

「一緒に、教育テレビの『初級・手話講座』を勉強しようか」

「ううん。わたしはいいの。わたしのこのつまらない指が何を勉強したって、どうにもならないもの。わたしはただ、あなたの指の声を耳で聞いてみたいだけ」

「君の耳なら、きっと聞けるよ」

Yはわたしの髪に手をやり、それを一つかみ耳に掛けた。

知らない間にヒロは、手すりにもたれてうとうとしていた。


前触れもなくバスは止まった。

「申し訳ございませんが、本日は、ここを終点とさせていただきます」

背中を向けたまま運転手が言った。わたしたちは仕方なく、ケープの彼女を先頭にしてバスを降りた。いつの間にか、雪は止んでいた。

そこは確かに見覚えのある場所だった。郵便局と、西洋風の住居が数軒と、背の高い木々に囲まれた公園と、その奥にコンクリートの建物が一つ、見えた。ヒロの家からそう遠くは離れていないだろうという、見当もついた。でも、風景全体がどこか抽象的でぼやけている感じだった。どうしても、正確な地図を思い描くことができないのだった。

それもやはり、雪のせいなのだと思う。これほどたくさんの、足跡一つない生まれたての雪におおわれたら、自分の家の庭でさえ神秘的に見えるだろう。

母親と娘は住宅地の中へ消えていった。バスは時間をかけて慎重に向きを変え、元来た道を戻っていった。

「どこかで何か飲みたいね」

ヒロが言った。

「あそこなら、何かあるかもしれない」

Yが公園の奥を指した。わたしたちは手をつなぎ、そこへ向かった。

その飾り気のない建物は屋根が平らだったので、そこに定規で計ったように雪が積もっていた。寝心地のいい、清潔なベッドのようだった。門の脇の立て看板はかなり古びていたが、そこが私立の博物館であることは読み取ることができた。開店休業といった感じで受付には誰もおらず、わたしたちは大人三人分の入館料をトレーにのせ、黙って中へ入った。

外と同じくらい中もさっぱりしていた。絨毯も時計もソファーも見当らず、ケースに収まった展示品が規則正しく並んでいるだけだった。展示品は学術的に意味のありそうな大げさなものではなく、多少歴史のある日用品といったものばかりだった。それでも一つ一つ丁重に飾られていた。世界で初めて考案された写真機や、ロシアの王女が着ていた総レースのペチコートや、上下逆さまに印刷された切手や、どこかの有名な将軍が使っていたライターや、そんなものだった。

ヒロは展示品になど興味を示さず、喫茶室か自動販売機でもないかとぶらぶらしていた。Yは吹き抜けの天井を見上げたり、窓の外を眺めたりしていた。三人の靴音は、展示ケースから染み出してくる古い時間の燻りに包まれ、すぐに消えていった。南向きの大きな窓から見える空は、雪の白色が反射してみずみずしくきらめいていた。夕暮れが近づいているなど信じられなかった。夜が来ないまま、もう一度朝が舞い戻ってきたような気分だった。

「バースデーパーティーが、何日も前の出来事みたいに思えるわ」

江戸時代の雛人形の展示ケースにもたれかかり、わたしはつぶやいた。そしてポケットに手を突っ込み、ペーパーウエイトと香水の感触を確かめた。それらはきちんと、そこにあった。

「何もかも、雪のせいさ」

バスの中でヒロが口にした言葉を、Yが繰り返した。

わたしたちは一応、二階へも上がってみた。大して変わりはなかった。雪に閉ざされた博物館で、誰の目を引き付けることもなく、古い小物たちがうずくまっている、つまり、そういうことだった。

「飲み物にはありつけそうもないね」

ヒロが言った。

「うん。それに、君をそろそろ家へ送って行った方がよさそうだ」

Yが答えた。

「そうね……」

階段へ引き返そうとしたその時、わたしは片隅のケースに収まっている小さな展示品から、目が離せなくなってしまった。そこは雪明かりさえも届かない寒々とした一角だった。博物館の中で一番虐げられた場所のように見えた。でもわたしが、その輪郭の曲線や、先端の広がりや、象牙色の光沢を見誤るはずがなかった。それはベートーベンの補聴器だった。

わたしはガラスケースに両手をのせ、隅から隅まで眺め回した。自分の顔が映ったガラスの向こう側に、それはぽつんと横たわっていた。プレートの説明文には、年代や経歴やエピソードが記してあったが、そんなものは何の役にも立たなかった。その補聴器から染み出してくる古い空気を残らず吸い込むことが、最も大切なことに思えた。

「どうかしたの?」

階段を下りかけたところでヒロが声を掛けた。

「何でもないの。先に行ってて」

「うん、分った」

最近評判になっている映画の話などしながら、ヒロとYは下りていった。

わたしは懸命に思い出そうとした。ここにたどり着くまでの道のりや、博物館の名前や、建物の形や、展示室の間取りについて。ところがそういう大切なことに限って、何も思い出せないのだった。よみがえってくるのは、ガラスケースの冷たい感触と、補聴器の姿と、これで君の声を聞いてみたいと言った、少年の表情だけだった。

気持を鎮めるために、わたしはもう一度ポケットに手を突っ込み、ペーパーウエイトと香水を握りしめた。遠くでヒロとYの話し声がした。

わたしはじっくりと、補聴器を見つめ直した。大きさも色も傾き具合も台座の形も、すべてがわたしを裏切っていなかった。自分の記憶がそのままここに映し出されているようだった。

できれば、手に取って触れてみたいと思った。試しにケースの継目を爪でひっかいてみたが、ぎしぎし音がするだけで無駄だった。もどかしく、名残り惜しかった。

「ねえ、どうしたの?」

ヒロがまた呼んだ。これ以上長く、ここにとどまることはできそうもなかった。二人は待ちくたびれているし、いつまた雪が降りだすかもしれないし、閉館時間がきて扉が閉ざされるかもしれなかった。最後にできることと言えば、ガラスを撫でるくらいのことだった。

わたしが立ち去ったあと、ベートーベンの補聴器はどうなってしまうのだろうか。今までどおり、静かに眠り続けるだけなのだろうか。——階段の途中で振り返りながら、わたしは思った。

「ねえ、ちゃんと帰り道、分る?」

公園を通り抜けながら、わたしはヒロに聞いた。時々雪の塊が、木々の枝から白い猫のように落ちてきた。

「分るさ」

事もなくヒロは言った。郵便局の角を左に入って、公民館と散髪屋の間を抜けると大きな通りに突き当たるから、そこを東へ折れて陸橋を渡って、それから……。ヒロはすらすらと道順を説明してくれた。

「絶対に大丈夫?」

それでもまだわたしは安心できなかった。ベートーベンの補聴器からヒロの家へたどり着くには、途方もなくはるかな道をたどらなければならない気がして仕方なかった。

「道はどこかでつながっているものだよ」

子供をなだめるようにYが言った。

「そうね。つながっているんだわ」

わたしは繰り返した。

——でも、ここがどこだか、本当にヒロには分るの?

今度は声に出さず、胸の奥でつぶやいてみた。ヒロは先頭に立って、時々木の幹につかまりながら、どんどん博物館から離れて行った。わたしはYの手をしっかり握り、身体をあずけた。

博物館が見えなくなる瞬間、わたしはもう一度振り返り、雪に包まれたその姿に目をやった。掌の中でYの指が温かかった。

12

二人のこの作業を何と名付けたらいいのだろうと、時々わたしは考える。でもいつもうまくいかない。作業という言葉自体、すでにピントがずれている気がする。行為というほど仰々しくないし、遊戯というほどふざけてもいない。習慣、奉仕、儀式、交歓、接触、愛撫……思いつく限りの言葉を当てはめてみるが、どこかしっくりこない。

だから、二人の間でそのことを話題にする時は、不便で困ってしまう。

「今日のは、いつにも増して素敵だったわ」

「ありがとう。でも僕はいつもの通りにやっただけさ」

という具合に、微妙にそこのところを誤魔化している。

わたしはその時の、Yのはにかんだような口元が好きだ。

Yが訪ねてきてくれるのは、いつも夜の八時頃、ちょうどジャスミンの時間と同じだ。

わたしは彼が来るからといって特別に部屋を掃除したりはしないが、ダイニングテーブルだけは例外だ。彼が速記に使うそのテーブルは、やはり彼の指に報いるだけの丁寧さで、きれいにしておかなければと思う。

まず、余計なものは置かない。フランスパンの屑や、調味料入れや、折り込み広告や、レシートを片付ける。それから濡れた布巾で料理の染みを拭き取ったあと、木製品用のワックスをかけて磨き上げる。テーブルの縁から椅子の背もたれにいたるまで、手抜かりなく。

一度、クリスタルの花瓶に黄色い水仙を生けたことがあった。でもそれは失敗だった。花瓶と花びらの影がテーブルの上に細長くのびて、彼の指を邪魔したのだ。

それ以来ずっと、Yが使う時のダイニングテーブルには、紙の束とボールペンと指だけが置かれている。

リビングのカーペットにジュースの染みが残っていても、朝食の食器が流し台に重ねてあっても、ソファーの隅にガウンが丸めてあっても、ダイニングテーブルさえきちんとしていれば、何も問題はなかった。心行くまで磨かれたあと、それは冷えた空気の中で夜光虫のように底光りし、彼を迎え入れるのだった。

「今日は、あなたにいただいた香水をつけたの」

玄関で真っ先にわたしは言った。

「本当だ」

Yは両方の耳元に顔を近づけ、たっぷりと香りをかいだ。

「どんな感じ？」

「とてもよく似合ってる」

「この前、これをつけてF病院に行ったの」

「へえ」

「そうしたら、診察の時、先生の手が一瞬止まるのが分ったわ。耳たぶを引っ張って、銀色の細いへらを穴に差し込もうとした時、ふっと目だけ表情を変えたの。この香りに引き止められたのよ」

わたしたちは香水の話をしながら、とりあえずソファーに坐り、レモンティーを飲んだ。でも彼はレモンの薄切りをスプーンでつつくだけで、ほとんど口をつけなかった。何か軽く食べるものでも作りましょうか、と聞いてみたが、首を横に振った。速記の前、彼はほとんど何も食べなかった。

「ヒロ君はどうしてる？」

Yの紅茶はレモンのせいで色が薄まっていた。

「学年末試験で、忙しくしているんじゃないかしら」

バースデーパーティー以来、彼から連絡はなかった。

「学年末試験か。懐しい言葉の響きだね」

「ヒロみたいに、うんと歳の離れた子とつき合っていると、時々わけもなく懐しい気持にさせられることがあるわ」

「うん。確かに」

彼はスプーンをソーサーに戻し、カップを横へずらせた。彼は煙草を吸わないので、こんなふうに何もしないで向き合っている時、指はいつも蚕のようにおとなしくしているのだった。

寒い夜だった。ヒーターのスイッチは最強なのに、背中のあたりがいつまでたってもひんやりしていた。耳を澄ますと、夜の闇の中でいろいろなものが凍りついてゆく、ミシミシという音が聞こえてきそうだった。

でも、雪は降っていなかった。空には氷のかけらのような星が光っていた。雪はバースデーパーティーの日から一ひらも降っていなかった。あの時たっぷりと風景を埋めつくした雪は、次の日にはきれいに消えてなくなっていた。雪のせいで地下鉄が止まったり、車がスリップ事故を起こしたり、路線バスの運行が目茶苦茶になったりしたことなど、みんなすぐに忘れてしまい、ごく当たり前の毎日を取り戻していた。

わたしはティーカップを片付けるために立ち上がり、キッチンへ入った。カップを洗剤で泡だらけにしながら、ダイニングテーブルからずっと目を離さないでいた。それは程よく手入れされ、わたしたちをじっと待っているように見えた。わたしはわざと時間をかけてカップを洗った。

「ねえ、こっちへ来てくれない」

ダイニングテーブルのいつもの席に腰掛け、わたしは言った。Yが申し出を断わったことなど一度もないのに、それでもこの言葉を口にする時は、不安で仕方ない。

Yは無言で、書類入れを持って、わたしの向かいに坐ってくれる。

ヴァイオリンの耳鳴りはあれを最後にもう聞こえません。それどころか、ごく普通の耳鳴りも一度もないのです。そういう意味で、今わたしの耳は爽快です。

でもだからといって、耳が治ったというわけではなさそうです。F病院の先生は未だに、先端が渦巻き状や紡錘形や8の字型になった針金を、耳の中に差し込んで、気難しそうに眉をひそめています。その針金は、もちろんちゃんとした医療器具なのでしょうが、耳の奥を突き刺してしまいそうな、とても鋭い銀色をしているのです。その色のせいで、わたしはいつまでたっても耳の治療が怖くてたまりません。

治療は苦手ですが、耳鳴りは以前ほど嫌ではなくなりました。耳鳴りが始まったらどうしよう、という不安がなくなったのです。むしろそれをじっくり味わう余裕が出てきました。自分の耳に、ようやく慣れてきたのかもしれません。

世の中の大部分の人は気づいていないかもしれませんが、――こういう言い方がもし傲慢に聞こえたらごめんなさい――自分自身と耳との関係は、例えば胆嚢やアキレス腱との関係とは次元が違っているのです。胆嚢やアキレス腱とは、血のつながった愛情深い親子のように、努力しなくてもそれなりに折り合ってゆくことができます。でも耳は、もらわれてきたみなしごのようなものです。本気で心を通わせようと思ったら、少しばかりの理性と努力が必要なのではないかしら、と思うんです。

話を元に戻してもいいですか。

耳鳴りは一つの可能性です。耳自身がわたしに断わりもなく、独自に作り出すものだからです。耳とうまく交信できるかどうかの、可能性を秘めているのです。

ヴァイオリンの耳鳴りを、時々思い出します。いつか近いうちに、自分はまたそれを聞くことになるだろうという、予感がします。何故なんでしょう。不思議です。

レコードやテレビではなく、生のヴァイオリンの音を聞いた記憶が一つだけあります。同級生の男の子が、川原でよく弾いてくれたのです。いつも夕暮れでした。二人だけの、秘密めいた時間でした。わたしは彼のことが好きで好きで、どうしようもありませんでした。いや、もっと正確に言えば、好きだったんだと思います。よく憶えていないのです。そんな大切なことを。

憶えているのは、ヴァイオリンの音色や、メロディーや、彼の横顔や、川原の草の匂いや、そんなはかない断片だけです。

ヴァイオリンを弾いてもらっている時、いつも一つ心に引っ掛かっていることがありました。ヴァイオリンを挟んでいる顎のところが痛くないのかしらと、心配だったんです。わたしは自分では楽器に触ったことがなかったので、それがどれくらいの硬さのものなのか知りませんでした。だから、ぴんと張りつめた金属みたいに冷たくて、硬いものなんだと勝手に思い込んでいたんです。

背筋を伸ばし、伏し目がちに足元を見つめ、不器用だけれど誠実に弦を押さえながら、彼は演奏していました。そして顎は、ゆるぎなくヴァイオリンを支えていました。実際、彼の顎にはたこができていました。そのゆるやかな膨らみを、わたしはよく憶えています。そんな彼の顎が、いとおしくてたまらなかったのです。

あの頃の、十年以上も前の耳と、今の耳は、混線することなくつながっているんです。耳は彼なりの成り立ち方で、記憶の中を生き延びています。

わたしが話し終えるタイミングを、Yはどうやって知るのだろう。彼は必ず、最後の一言と同時にペンを置くことができる。

それからわたしたちはダイニングテーブルのつややかな表面を見つめながら、しばらく黙っている。気まずい沈黙ではなく、穏やかな静けさだ。その間、彼が何を考えているのかは分からないが、わたしはさっきまで目の前で動いていた指について、思いを巡らせている。目の奥に残っている指の影をもう一度たどってみる。それは決してわたしを裏切らない。うんざりさせたり、ぞっとさせたりしない。

「今日はいつもより、紙をたくさん使っちゃったみたいね」

おもむろにわたしは口を開き、頬杖をついた。

「そうでもないよ」

いつものように、Yはそのボールペンの青色に彩られた紙を見せてくれた。わたしは好きなだけ時間をかけ、裏返したり、窓ガラスに透かしたり、撫でたり、息を吹きかけたりしながらそれを味わった。所々にまだ、指の温もりが残っていた。

相変わらず彼は、イライラもせず黙って待っていた。話の中身についてとやかく質問することもなかった。彼自身に向かって喋っているのではないことを、ちゃんと分っていた。わたしは、彼の指のために喋っているのだった。

「もしもこれが、礼儀知らずな申し出だったらごめんなさい」

そう前置きし、紙を元通りにそろえながらわたしは言った。

「速記に使ったこの原稿を、何枚かいただけないかしら。もちろん、たくさんでなくていいの。一枚でも十分なの」

彼はすぐには返事をせず、綴じ紐の先を結んだり解いたりしたあと、壁のリトグラフに目をやった。どう答えようか迷っているのが分った。厄介なことを言ってしまったと、わたしは後悔した。

「一枚でも百枚でも同じなんだけれど、君に差し上げるのは、たぶん不可能だと思う」

遠慮気味に彼は言った。

「感情的に嫌だと言っているわけじゃない。だから不可能という言葉を使ったんだ。問題はもっと根源的でデリケートなところにある。うまく説明できなくて、自分でも情けないよ。とにかく君は、こんな記憶の断片を気紛れに抱え込んでおくべきじゃないと思う」

「記憶の断片？」

その言葉だけを拾い出し、そのまま繰り返した。

「そう。この紙一枚一枚が記憶の断片、時間の断片なんだ。君にとってのね。だからそれらをバラバラにしたり、どこかに放り投げたりするわけにはいかない。記憶をやり直すなんてことはできないんだから。分ってもらえるかな」

「軽々しく、下さいなんて言うべきじゃなかったわ。ごめんなさい」

「謝ることなんてないさ。ただ……」

「ううん。分ったの。あなたが言ってる言葉の一つ一つはよく分ったの。つまり、下手にわたしが手出ししない方がいいのね。あなたの指にすべてまかせる。そう考えれば、簡単なことだわ」

これ以上わたしたちは、根源的でデリケートな問題には触れなかった。わたしはその日の分の原稿を返し、Yはそれを書類入れにしまった。そして麻の綴じ紐をきつく締め直した。残された紙の束が、また少し減った。


「どうしても帰るの？」

玄関で彼がコートを着ようとしているのにまだ、わたしはそう繰り返していた。

「もう遅いし、外は寒いわ」

「大丈夫。帰れるさ」

速記が終われば、彼は必ず帰ってゆく。迷ったりぐずぐずしたりしない。

「遠いんでしょ？　お家」

「いや。そうでもないよ」

彼はコートのボタンを、一個一個はめてゆく。ボタンが無数にあればいいのにと、わたしは思う。でも、彼を引き止めてどうしたいのか、眠っている指を眺めていたいのか、朝日の中で優しく揺り起こしたいのか、それはよく分らないのだった。ただ、彼の指と自分のために、この夜を与えてほしいと願うだけだった。

「明日も仕事？」

「うん。『冷間薄板圧延の現状と動向』についての対談。鉄の学会誌なんだ」

「難しそうね」

「そんなことないさ」

「鉄の雑誌なんて、誰が読むのかしら」

「鉄のことを心から気に掛けている人だって、世の中にはたくさんいるよ」

「わたしが耳のことを、心から気に掛けているみたいに？」

「ああ」

口に出してから、本当は耳の代わりに指と言いたかったのだと気づいた。しかしたった二音でも、それを言い換えるにはとてつもなくエネルギーがいりそうだった。わたしはうつむき、無言で靴べらを差し出した。彼は一番下のボタンをはめ終えていた。

「おやすみ」

彼が言った。

「おやすみ」

わたしたちはその日最後の言葉を交わした。

13

いつもの年よりゆるやかに、冬は流れていた。わたしは職探しをあきらめ、当分はヒロが運んでくれるお金と貯金でのんびりすることに決めた。F病院へ通うこと、ヒロのために胡桃ケーキを焼くこと、ダイニングテーブルを磨くこと、そして耳の記憶を速記してもらうこと。大事なのはその四つだけだった。わたしはその一つ一つに心ゆくまで時間をかけることができた。

風のない、しんしんと冷え込んだ夜、耳の夢を見た。

いつもの川原でヴァイオリンを弾き終えた十三歳の少年が、顎と楽器の間から何かを二つ取り出し、わたしの前に差し出した。彼の掌の上でそれらは、おとなしく横たわっていた。みずみずしい肌色で、曇り一つないよう徹底的に手入れされていた。脈打っている細い血管さえ、透けて見えそうだった。

「何？」

わたしは尋ねた。

「君の耳さ。こっちが右耳、こっちが左耳」

彼は顎で差しながら答えた。

「へえ」

耳の付け根がギザギザになって血がにじんだりしていないかと心配したが、大丈夫だった。そこは粘土をこねたように丸くおさまり、無理矢理引きちぎられた形跡はなかった。

わたしはほっとして、髪の中に手をすべらせた。確かに、そこに耳はなかった。

「間違いなく、わたしの耳のようね」

そう言って腰をかがめ、もっとそれに近づいた。掌の上で見ると、思ったよりもずっと小さくて精巧だった。

「果物の皮でできた、懐中時計の歯車みたいね」

彼は答えず、代わりに小さなくしゃみをした。耳はコロコロと向きを変えた。左耳の軟骨に右の耳たぶが引っ掛かった。

「どうしてこれを、あなたが持っているの？」

「それは、どうしてこれが耳なの？　という質問に等しいよ」

わたしの知りたいことを、彼は何も答えてくれそうになかった。でも彼の口調がヴァイオリンの続きのように穏やかだったので、少しも傷つかなかった。ヴァイオリンは弓と一緒に、足元のケースに立てかけてあった。夕日があたって、弦の一本一本がこがね色に光っていた。

「いずれにしても、大事に扱われているようで、安心したわ。それで、いつ返してもらえるの？」

「断言はできないけど、近いうちだと思う。とにかく、今はまだその時期じゃないんだ」

「時期が来るまで、あなたが預かってくれるのね」

「うん。顎の裏側のところに、二枚重ねて貼りつけておくんだ。そこが一番、しっくりくるみたいだから」

「無くしちゃ嫌よ」

「心配ないよ。ちゃんと毎日、手入れしてるから。みみずくの涙で磨くと、薄紅色の光沢がでてとてもきれいなんだ」

「みみずくの涙？」

「ああ。はりねずみやアルマジロやいろいろ試してみたけど、君の耳にはやっぱりみみずくがいいみたいだ。目尻の涙腺を羽の先で撫でてやると、涙がにじんでくるから、それを涙壺に集める。みみずくの涙はさらさらしていて、塩分が少なめで、乾きがはやいんだ。ただ、みみずくが暴れた時、埃が壺に入らないよう注意が必要だけどね。その涙をシネラリアの葉に染み込ませて磨くんだ。シネラリアじゃなきゃだめだよ。ブーバルジアもペチュニアもラナンキュラスも、しなやかさに欠けるし、それに……

…………………………………………………………………………

朝目覚めると、ヴァイオリンの耳鳴りがまた始まっていた。毛布の中でもそもそと耳にさわると、それはみずみずしくもなく薄紅色でもなく、皺だらけでかじかんでいた。

「みみずくの涙」

と、夢うつつでつぶやいてみたが、答えてくれる人は誰もいなかった。ただヴァイオリンが鳴っているだけだった。

相変わらず寒そうだったが、よく晴れていた。氷のようにきらきら光りながら、陽射しが窓ガラスを照らしていた。ベランダの植木鉢には霜が降りていた。

封を切ったばかりのコーンフレークス、きゅうりのサラダ、ソルトクラッカー、林檎。朝食には音の出る物ばかり食べた。でも口の中の音は全部ヴァイオリンに飲み込まれて、空気を嚙んでいるのと同じだった。

「わたしの耳を二つ、顎の裏側に貼りつけて、彼がヴァイオリンを弾いているんだわ」
他の音が何もかも消されてゆくので、独り言でもつぶやかないではいられなかった。わたしはコーンフレークスを、勢いよく嚙み砕いた。

F耳鼻咽喉科病院でいつもの水薬をもらったあと、ホテルのダイニングに寄った。グレープフルーツワインとオープンサンドイッチを食べ、ワッフルとゼリーを追加注文し、紅茶を三杯おかわりしたが、Yは現われなかった。「約束もしていないんだから、しようがないじゃない」と、もう一人のわたしが慰め、「でも前は、偶然会えたのに」と、もう一人のわたしはしょんぼりしていた。またいつおかわりを言い付けられてもいいように、ティーポットを抱えたボーイが、遠くから控えめにこちらをうかがっていた。いずれにしても、これ以上粘るのは無理だった。胸焼けがして苦しかった。

わたしはもう一度、あの博物館に行ってみようと思った。いくら冷たくても、外の空気を思い切り吸っていたいと思わせるくらい、気持のいい天気だったし、耳鳴りのヴァイオリンがそこへの道案内をしてくれるような気がしたからだ。雪のない公園を散歩し、ペチコートや切手や雛人形をもう少しゆっくり見学し、最後にベートーベンの補聴器の前でたっぷりと時間を過ごし、パンフレットでももらって帰ろうと思った。

でも実際は、そんな生易しいことでは済まされなかったのだった。

バースデーパーティーの日のとおりに、まず地下鉄の駅に行ってみた。地下鉄はちゃんと動いていた。ホームも改札も人であふれ、皆どこかへ急いでいた。

バスの停留所も混雑していた。石造りのベンチは高校生の女の子たちが占領していた。英単語のカードを一心にめくっていた。

次々といろいろな系統ナンバーのバスがやってきたが、どれに乗ればいいのかさっぱり分らなかった。あの日のバスの特徴で憶えているのは、白い毛皮の哺乳動物みたいだということだけだった。

「博物館を通るバスは何番か、ご存じないですか」

とりあえず、前に並んでいるお婆さんに聞いてみた。ころころに着ぶくれした、小さなお婆さんだった。

「えっ？　何だって？」

首に巻いたショールが、彼女の干からびた耳をふさいでいた。わたしはそこに口を近づけ、もう一度同じ質問を繰り返した。

「博物館？　そんなもの、見たことも聞いたこともないよ」

お婆さんはハクブツカンという言葉を、もの珍しいフランス料理のメニューのように、たどたどしく発音した。周りにいた何人かが振り向いたが、興味なさそうにまた目をそらした。結局、系統ナンバーを教えてくれる人は誰もいなかった。仕方なくわたしは、次に来た水産試験場行きのバスに乗った。

バスの内装は、あの日と同じだった。シートの色や吊り革の形や押しボタンのデザインには見覚えがあった。ただ、バスが封じ込めている空気そのものは、まるで違っていた。そこには案内放送があり、ざわめきがあり、笑い声があり、流れてゆく景色があった。あの日のバスにはなかったものが、全部あった。その代わり、雪やケープやキツネの襟巻や指のつぶやきは、どこにも見当たらなかった。

わたしは注意深く窓の外を見つめ、見覚えのある風景が来たらすぐにボタンを押そうと待ち構えていた。「屋根の平らなコンクリート造りの博物館。屋根の平らなコンクリート造りの博物館。……」と、呪文のように唱えていた。その間ずっと、耳の奥ではヴァイオリンが響いていた。

いつの間にか乗客はわたし一人になっていた。そしてバスは、水産試験場の中で止まった。

「ここがもう、行き止まりですか？」

「はい。そうです」

運転手は白い手袋をはずし、胸ポケットにしまった。

「このあたりに、博物館があるはずなんですけど、ご存じありませんか」

「博物館？」

彼もさっきのお婆さんと同じように、一音一音慎重に発音した。『そんなふうに戸惑ったり、慎重になったりするほどのこともない、ごく当たり前の博物館なんです』と、わたしは胸の中でつぶやいた。

「少しお待ち下さい」

運転手はシートの下から路線地図を取り出し、十分に時間をかけて点検した。

「残念ですが、見当たりません」

彼の声は本当に残念そうだった。

「そうですか……」

わたしは掌の中で、整理券を小さく折り畳んだ。

「このバスはこれからどこへ行くのですか」

「操車場へ帰ります。水産試験場の向こう側にある操車場です」

彼は帽子のひさしに手をやり、それを深くかぶり直した。

「バスをお乗り間違えになったようですね」

「はい、そのようです」

わたしはうなずいた。

「昼間ここで乗り降りされるお客様は、滅多にありません。社会科見学の小学生か、大学の水産学科の先生か、そんなところです」

確かにそこは、しんとしていた。

「あなたをその博物館までお送りしたいのはやまやまなのですが、どうしても、時間どおりに操車場へ帰らなければならない規則になっております。このバスは決められた時間のうちに清掃され、ガソリンを補給され、パン工場行きのバスとなって出発しなければならないのです」

温かみのある彼の口調は、いくらかわたしの気持を救った。

「ええ、分っています。どうか、お気遣いなく。次のバスが来るまで待ちますから、大丈夫です」

「ここの水槽を見学するのも、なかなかおもしろいですよ。珍しいえびや、プランクトンや、藻が見られます」

「そうですね。いろいろ、ありがとうございました」

「とんでもありません。お役に立てなくて、申し訳ありませんでした」

彼はハンドルの上に両手を載せ、頭を下げた。わたしはコイン三個と、皺くちゃになった整理券を、料金箱の中に落とした。


バスを降りてみると、そこは見晴らしのいい広々したところだった。地面の中に埋め込まれた丸い大きな水槽が、水玉模様のように一面に散らばり、その透き間に観察所か倉庫のような質素な小屋がぽつぽつと建っていた。背の低いフェンスが、ぐるりと周りを囲んでいた。飾り気のない、さっぱりとした風景だった。

わたしはバスの時刻表を調べてみた。次のバスが来るまで、一時間二十分あった。

遠くの水槽で、ゴム長靴をはいた若い男の人が、試験管に水を取ったり、スポイトで何か薬品を垂らしたり、シャーレを並べたりしていた。人影はそれ以外なかった。

耳がなくなってしまったのかと勘違いするくらい、静かだった。耳鳴りのおかげで、どうにか自分の耳がここにあることを確かめることができた。さっきまであふれていたバスの中のざわめきは、どこへ消えてしまったのだろうと思いながら、わたしはもう一度あたりを見渡した。ただ、水槽と小屋と長靴の若者が見えるだけだった。

それでもしばらくじっとしていると、静けさの奥に沈んでいた音たちが微かに響いてくるようになった。水の流れる音や、モーターの音や、魚の跳ねる音だった。それらは慎ましやかに、ヴァイオリンの弦とぶつかり合っていた。

「これから、どうしたらいいんだろう」

わたしは声に出してつぶやいてみた。そんな声には気づきもせず、若者は太陽の光に試験管を透かしていた。数字の並んだバス停留所の時刻表が、前衛的な抽象画のように見えた。一時間二十分という時間がどういう意味合いを持っているのか、うまく理解できなかった。ささやかなひとときのようにも思えたし、不合理に長い時間のようにも思えた。わたしはため息をつき、時刻表にもたれかかった。それは頼りなげにぐらぐらと揺れた。

気分を落ち着けるために、わたしはハンドバッグからバースデープレゼントの香水を取り出し、耳の後ろにつけた。それは一瞬だけ耳を濡らし、すぐに冬の空気に溶けていった。それから、門の脇にある公衆電話に向かって走り、『議事録発行センター・速記の会』のダイヤルを回した。

「今すぐ、迎えに来てほしいの」

公衆電話は長く使われたことがないらしく、ダイヤルの指止めは錆付き、受話器は埃でざらざらしていた。そのうえ、ひどく混線していた。

「どうかしたの」

砂嵐のような雑音の向こうから、ようやくYの声が届いてきた。

「どうもしないの。ただバスに乗っただけ。わたしの誕生日、雪がたくさん降った日、三人でしりとりしたあのバス停からバスに乗ったの。博物館に行きたかったから。目的なんてなかったのよ。ぶらぶら散歩でもしようって、ただの思いつきだったの。でも誰も博物館の場所を教えてくれなかった。まるでわたしがラグビー場の売店で、サルトルの『嘔吐』を下さいって言ったみたいに、みんな不思議そうな顔をして首を横に振ったわ。仕方がないから、水産試験場行きのバスに乗ったの。ただそれだけのこと」

わたしは一生懸命、大きな声で喋った。

「それで今、どこにいるの」

「だから、水産試験場よ。丸い池がいくつもあって、水の音がするの。目印なんて何もないわ。バスから降りたのはわたし一人だったの。運転手さんはパン工場へ行っちゃったし、あとは男の子が一人、試験管を振ってるだけ。とにかく、迎えに来て。お願いだから迎えに来て」

砂嵐がおさまるのを待ってからYは、うん、分ったと言った。

「そこを、動くんじゃないよ」

二十五分後に、Yはタクシーでやってきた。わたしを見つけると、片手を挙げて微笑んだ。その微笑みに出会うために、随分回り道をしてしまった気分だった。

「来てくれて、ありがとう」

待ちくたびれて、声がうまく出てこなかった。返事の代わりに、彼は冷たくなったわたしの肩に腕を回した。

「無性に心細かったの。こんなところ、生まれて初めて来たんだもの。本当は博物館へ行きたかったのに、気づいてみたら水産試験場だったの。変ね。でも誰だって、そんな目に遭ったら心細いと思うわ。そうでしょ？」

彼はうなずいた。

「水産試験場っていう言葉から、あなたは何が想像できる？　輪郭や機能や定義がはっきりしていて、誰もが納得するような何かを、一つでも思い浮かべることができる？　教会だったら十字架、スーパーマーケットだったらレジスター、みたいな何かよ。わたしは駄目だった。水産試験場って言われても、全然想像力が働かなかった。霧を吸い込むみたいに、手がかりがなくてあやふやで胸苦しかったの」

わたしは彼の胸の中で、言い訳めいたことをあれこれと並べ立てた。彼は最後まで耳を傾けてから、

「でも、なかなかここも、素敵なところじゃないか」

と言って遠くに目をやった。

わたしたちはしばらくそこを散歩することにした。水槽と水槽の間には芝生が植えてあり、歩き心地が柔らかくて気持よかった。きれいに刈りそろえられた、上等な芝生だった。さえぎるものが何もないので、陽射しが身体中に降り注いできた。水面がきらきらと光っていた。芝生にも水の上にも、木の葉一枚落ちていなかった。

時々、水槽の縁に坐り込んで中を覗いてみた。水は一つ一つの水槽で全部違う色をしていた。クリームを帯びた半透明の水もあったし、深い緑色に沈んだ水もあった。水族館と違って説明のパネルが一枚もないので、中に何がいるのかはよく分らなかった。でも、まち針みたいに小さな魚が群れになって泳いでいたり、ザリガニに似た甲殻類が底を這っていたり、藻がゆらゆらと揺らめいていたりするのは見えた。ただ、どの水槽も同じ匂いがした。雨上りの川原のような匂いだ。

長靴の若者は仕事に区切りがついたのか、ふたのない木箱に試験管とシャーレとスポイトをしまい、わたしたちに見向きもしないで小屋の中へ消えていった。とうとうわたしたち二人だけになった。Yと一緒の時は、ジャスミンの部屋でもホテルのダイニングでも博物館でも、そしてここでも、やっぱり同じように静かになってしまうんだわと、わたしは思った。

「ねえ、どんな魚が好き？」

「食料として？　それとも生物として？」

「生物として」

「色の派手な魚は苦手だな」

「熱帯魚とか蟹とか？」

「うん。深海魚がいい。海流も届かないくらい深い海の砂地に、ひっそり隠れているような深海魚。身体がぼんぼりみたいに膨張してて、光が射さないから目は退化してうろこと見分けがつかなくて、無理に捕まえて引き上げようとすると、水圧が下がって皮や身やえらやひれやうろこが全部ばらばらに千切れちゃうような深海魚」

「へえ、素敵ね」

わたしたちはお喋りしながら水槽の間を歩き回った。できるだけ魚たちを驚かせないように、注意深く歩いた。酸素を送るポンプの音と水の流れる音が、途切れることなく漂っていた。決して耳障りにならない、控えめなＢＧＭだった。

小屋の壁には、網やひっかき棒や水中メガネや温度計やむぎわら帽子や水筒や、さまざまなものが吊されていた。どの小屋もひっそりしていた。特別に秘密の実験が行なわれているのか、みんな休暇を取っているのか、それとも水産試験場というところはいつもこんなふうに人気がないのか、判断がつかなかった。小屋の窓には全部、からし色の分厚いカーテンが引いてあった。

一通り水槽を見て回ると、わたしたちはフェンスに沿って走っている送水管の上に腰掛けた。高さといい丸みといい、それが坐るのに丁度いい造りをしていたのだ。じっと坐っていると、水の流れてゆく感触が身体の下から伝わってくるようになった。水に包まれているようで気持よかった。

「また、ヴァイオリンの耳鳴りが戻ってきたのよ」

「大丈夫？」

「もちろん。段々、耳との付き合い方がうまくなってきたから」

「それはよかった」

「コツはね、耳を尊重してあげることなの」

「なるほど」

「無理にどうにかしようとすると、破裂して粉々になってしまうの」

「深海魚みたいに？」

「そう。深海魚みたいに」

その時、遠くの水槽で魚が一匹跳ねた。わたしたちは流れ星を見つけたかのように、同時にあっと声を出した。彼の指が、その銀色のきらめきをまっすぐに差していた。

14

ある朝目覚めると、身体のあちこちがおかしくなっていた。目の後ろがずきずき痛み、胸が苦しく、胃がひきつけを起こし、手足には血の気がなかった。そして耳は、どろどろに溶けたコールタールを流し込まれたようにぐったりし、ヴァイオリンの響きなどどこかへ押しやられていた。

何とかベッドから起き上がろうとしたが、身体がいうことを利かなかった。わたしは目を閉じ、一体何が起こったのか、心を落ち着けて考えてみようとした。目蓋の裏には、黄色い点がいくつもまたたいていた。

今まで、こんなふうになったことがあったかしら。つるバラの棘を踏んだ足が化膿して、熱が出た時。どんぐりの実を食べすぎて食中毒を起こした時。盲腸を我慢しすぎて気を失った時。……いろいろ思い浮かべてみたが、どれも違っていた。でも、この身体の苦痛は全部、耳とつながっているのだろうという見当はついた。わたしの手に負えないことはたいてい、耳の仕業なのだ。

たぶん、昨日の夜、例の水薬をいつもの三倍飲んだのがいけなかったのだろう。昼間まともな食事を取らなかったせいで薬を飲み忘れ、仕方なく真夜中にまとめて飲んでしまった。それはからっぽの胃の中に流れ込み、痛いほどの苦さを残したのだった。

水薬のせいなら早く吐き出してしまいたかったが、そうするだけの元気も残っていなかった。そのうえそれは、既に身体中をどくどくと巡っていて、もう何をしても手遅れのように思われた。

どうすることもできずわたしは、ただじっと毛布にくるまってうめいていた。

夕方、幸運なことにヒロが訪ねてきてくれた。彼はわたしの衰弱ぶりに驚き、最初はうろたえていた。わたしが薄手のネグリジェを着ていたせいで、目のやり場にも困っている様子だった。でもすぐに落ち着きを取り戻し、いろいろと世話を焼いてくれた。

まず牛乳を温め、蜂蜜を一匙溶かして飲ませてくれた。ガスレンジの火を点けたり、蜂蜜の瓶の蓋を開けたり、牛乳をかき回したりする仕草がどことなく不器用で、だから余計に心が安らかになった。氷と鎮痛剤とスポーツドリンクの買い出しを頼んだら、「栄養をつけなくちゃいけないよ」と言って、アボカドも二個買ってきた。

「食べたくなったら、一切れでもいいから口に入れた方がいいよ」

彼はその危なげな手つきでアボカドの皮をむき、ラップで包んで冷蔵庫にしまった。それから窓を開けて空気を入れ替え、ベランダの植木鉢に水をやり、パンケースに残っていたバターロールを冷凍し、バスルームを掃除した。その間ずっとわたしは、ベッドからヒロの背中を見ていた。最後に彼は、枕元に来て腕をさすってくれた。

「薬を三倍も飲むなんて、ばかげたことしちゃ駄目だよ」

「うん、分った」

壊れ物でも扱うように、彼は丁寧に掌を動かした。時々髪の毛がわたしの頬に触れた。

指先から順番に、温かくなってきた。氷の海を漂っていた腕が、やっと自分の元に戻ってきたような気分だった。

「他に、何かしてほしいことある?」

「ううん。もう十分」

「だったら、もう少しここにいて、腕をさすってあげるよ。反対の腕を出して」

「ありがとう」

「どういたしまして」

ヒロの手はまだいくらか子供っぽい柔らかさを残していて、それが痺れた腕には優しかった。鎮痛剤が効いてきて頭痛はいくらかおさまったが、身体中の体液が波打っているような気持悪さはなかなか消えなかった。ヒロがさすってくれる腕だけが、元気を取り戻しつつあった。

夕焼けに染まった光が、部屋を満たしていた。わたしはほんの一瞬だけ、眠ってしまった。

「Yさんに、来てもらおうか」

気がついた時、ヒロはそう言っていた。わたしに話し掛けるというより、独り言をつぶやいているような口調だった。

「夜、叔母さんに何かあったら大変だし」

わたしはどう返事をしていいか分らず、黙っていた。

「とにかく、Yさんに来てもらうべきだよ」

結局ヒロは、わたしの返事を待たないで、『議事録発行センター・速記の会』に電話をし、Yを呼び出した。

「じゃあ、僕は帰るよ」

受話器を置くのと一緒に、ヒロは言った。

「彼が来るまでここにいたら？　冷凍庫にシャーベットもあるし、食器戸棚の上の缶にリーフパイもあるのよ。食べていって」

彼はナップザックを背負いながら、首を横に振った。

「Yさんがいれば安心だ」

「どうしても帰るの？」

「うん。また来るよ」

「いろいろ、ありがとう」

「どうってことないさ」

そしてヒロは帰っていった。


またわたしはうとうとしていた。ずいぶん長く眠ったような気がした。目を開けると、いつの間にか夜になっていて、電灯がともっていた。枕元にYがいた。さっきヒロが坐っていたのと、ちょうど同じ場所だ。

「気分はどう？」

まだ眠りの名残りがわたしを包んでいて、すぐには声が出てこなかった。壁のフックに、Yのコートとマフラーが掛けてあるのが見えた。

「何か飲む？」

わたしは首を横に振ろうとしたが、そんな些細な仕草でさえ、辛くてできなかった。

「インスタントで申し訳ないけど、スープを温めてあげるよ」

彼は書類入れの中からスープの缶詰を取り出し、キッチンに立った。見慣れないデザインのラベルを貼った缶詰だった。銀色やオレンジやブルーの鮮やかな配色で、お菓子のパッケージのようだった。

缶切りを使ったり、鍋を洗ったり、スープ皿を用意している彼の指が、ベッドからもよく見えたことは、わたしを安心させた。しずく型のあざが見え隠れするのさえ、確かめることができた。

スープは黄金色に澄み、さらさらしていた。具はパセリのみじん切りだけだった。何か禽獣の骨と肉のエキスが煮詰まっているようだったが、材料をはっきりと思い描くことはできなかった。美味しくないわけではなかったが、今まで一度も出会ったことのない、不思議な味がした。きっと舌もおかしくなっているのだろうと、わたしは思った。

「少し、元気が出てきたみたい」

何とか全部飲みほして、空になった皿を返した。

「それはよかった」

彼は微笑み、わたしの額に掌をのせた。

「でもまだ、熱は高いね」

「朝にくらべれば、下がったと思うわ」

「他に何か、してもらいたいことはある?」

「ううん。大丈夫。ヒロがいろいろやってくれたから」

わたしたちはしばらく何も喋らず、お互いの息遣いだけを聞いていた。耳もぐったりしていたおかげで、余計な音は何も聞こえず、ただYのことだけを感じることができた。彼は時々、汗を拭いてくれたり、額にかかった髪の毛を払ったりしてくれた。彼の指が、わたしの息の届くところで動いていた。

「速記している、あなたの指が見たいわ」

十分に静けさに浸ったあと、わたしは小さな声で言った。

「今日は、やめておいた方がいいよ」

「どうして」

「それより眠った方がいい」

「眠るなんて、もったいないわ。せっかくあなたの指が、こんな近くにあるのに……」

一瞬迷ってから、彼は例の道具を取り出し、膝の上に置いた。そして、いつでもいいよという、すべてを許すような慈しみに満ちた目でわたしを見た。

今でも時々、博物館のことを思い出します。いったいあれは、どこへ消えてしまったのだろう、と。

ヴァイオリンの耳鳴りを、ベートーベンの補聴器で聴いたら、きっと素敵でしょうね。古い記憶の音がするのでしょうか。でも、もう耳鳴りは消えてしまったし、博物館にはたどり着けませんでした。記憶の隅に見えない穴があいて、中身がスースーと漏れているような気分です。微かにそこが痛みます。

しかし、あなたと水産試験場でデートできたことは、また別の味わいがありました。わたしはあそこが気に入りました。もう一度、行ってみたいですね。うまく、たどり着ければの話ですが……。

初めてあの博物館に行ったのは、もうずいぶん前、そう、十三歳の時です。どうしてわたしの耳があの頃のことばかり思い出すのか、最初はよく分りませんでした。でもあなたの速記のおかげで、いくらか自分の耳を思いやることができるようになりました。あなたの指と、青いボールペンが紡ぐ文字は、いつもわたしを優しい気持にします。

わたしの耳は、棘のないものを求めているのだと思います。時間の流れに愛撫され、棘を全部抜き取られた記憶、手触りがしなやかで決して裏切らない記憶、ひっかき傷や痛みを残さない記憶を、むさぼっているのです。わたしが思う以上に、耳は痛めつけられていたようです。それを耳自身が、自分で癒そうとしているのです。

まさに、ヴァイオリンの流れる川原はエデンの園でした。ざわめきも不愉快も疑いも疲労もない、静かな園です。聞こえるのはただヴァイオリンと、時々吹く風が草を撫でる音だけです。

あの頃の記憶は、完全に閉じているのです。初めも終わりもつなぎ目も分らないくらい、きれいにです。それ以上、何も増えないし減りません。根雪の中で凍りつき、そのまま永久保存された、子鹿の死体のようなものです。余分な脂や血液はすべて氷に吸い取られ、残っているのは、しなやかな足、若々しい爪、ピンと立った耳、利発そうな目、かわいらしい斑点模様、そういう選ばれた部分だけです。それらは汚されることなく、閉じた氷の中に存在し続けます。

でも、記憶なんて多かれ少なかれ、みんなそういうものなのかもしれませんね。ただ誰も、その閉じた形になど気を取られないのかもしれません。あなたが速記してくれる文字を、わたしはこんなにも気に掛けているというのに……。

あなたと一緒に過ごす時間も、いつかは閉じてゆくのでしょうか。

わたしは長いため息をついた。胸が苦しくて、それ以上話を続けることができなかった。彼は膝の間にボールペンをはさみ、無理しちゃだめだよと言って、掌をわたしの胸に当てた。鼓動が彼の手に伝わり、そこで熱を帯びていった。わたしたちは一緒に、鼓動が鎮まるのを待った。

場所がダイニングテーブルからベッドに移っただけで、指の雰囲気は違って見えた。膝の上で動く指は宙を漂っているように不安定で、こちらが手を差しのべたくなるくらいあやうげで、でも確かなバランスを保っていた。わたしの弱々しい声を聞き取ろうと彼の身体が心持ち傾いているせいで、二人は随分近づいているのに、指は決してそれ自身の空間をはみ出さなかった。

彼がボールペンを置いたあとでも、わたしは指の軌跡を正確に思い出すことができるのだった。

落ち着いた頃を見計らって彼は、麻の紐をほどいた。それはすっかり使い古され、ささくれてしまっていた。

こんな体調の時でも、わたしは青い文字から様々なことを感じ取ることができた。博物館の床の感触や、ヴァイオリンの残響や、川原に生えていた草の種類や、子鹿の毛並みなどを、そこに透かして見ることができた。青い文字と、夜のしんと静止した空気は、うまく溶け合っていた。

「紙の束が、残り少なくなったわ」

そこにあるすべてを感じ取り、二度深く息を吐いてから、わたしはつぶやいた。

「あなたがわたしのために、初めてその紙の束を使ってくれた時、卓上英和辞典くらいの厚みがあったわ」

「あの時も君は、ベッドの上だった」

「そう。F耳鼻咽喉科病院のベッドで、自分の耳に怯えていた頃よ。ずっと昔みたいな気がするわ」

「ついこの間じゃないか。季節はまだ、冬のままだよ」

「だけど、もうこんなに薄っぺらになってしまって……」

わたしは彼の膝に手をのばした。紙の束は、ぱらぱらとめくって枚数が数えられるくらいになっていた。

「耳のための速記に使った紙は、あなたの引き出しで、みんなおとなしく眠っているのかしら」

「ああ、大丈夫だよ。そこはとっても眠り心地のいい場所なんだ。なかでも『耳鳴り』の引き出しは、特別条件のいい場所にあるからね。空気の流れにも埃にも振動にも邪魔されないんだ。一枚一枚順番に、――そう、順番を間違えたら大変なことになる――皺になったりしないよう、向きもそろえて、大切にしまってあるから、安心してほしい」

彼はたくさん言葉を使って、引き出しの安らかさについて説明した。

「うん、分った。それで、新しい紙はいつ補給するの？」

わたしがそう尋ねると、彼は急に口をつぐみ、ベランダの向こうの空に目をやった。細い月が出ていた。

「新しい紙なんて、どこにもないんだよ」

夜の闇に話し掛けるように、彼は言った。闇に溶けてゆく声を聞きながら、なぜ彼はそんなことを言うのだろうと、わたしは思った。一つ一つの言葉は分りやすく、彼の声は穏やかなのに、それらがどこかできしみ合い、残酷な響きを残している気がした。

「耳の記憶のために用意した紙は、これがすべてなんだ。増やすことも減らすこともできない。また、その必要もないんだ」

「どうして？」

「これは、君の耳自身が求めた分量なんだ。僕たちが、勝手に手出しすべきじゃないと思う」

言葉のきしみは段々ひどくなり、またあの厄介な耳鳴りが――ヴァイオリンとは違う、突発性難聴の耳鳴りが——再発しそうな予感がした。わたしはあわてて頭を振った。

「とにかく今日は、もう寝たほうがいい」

彼は毛布を掛け直した。

「熱のある夜に考え事をしても、混乱するだけだよ」

わたしは素直にうなずいた。その頃になってようやく、さっき飲んだスープが身体の奥をじんじんと温めはじめていた。

「お願いがあるの」

わたしは言った。

「何？」

「あなたの指を抱いて眠りたいの」

「たやすいことさ」

そう言って彼は、胸の上に指を横たえた。わたしはそれを抱いて眠った。

15

朝、気がつくと、枕元に手紙が残っていた。


よく眠っているようなので帰ります。

あなたの腕から指を離すのに、少し苦労しました。

あなたの眠った腕は、自分の身体の内側に、指を埋め込もうとしているかのようでした。

古木の幹に食い込んだままほどけなくなった、蔓を思い起こさせました。

指にはあなたのつけた跡が赤く残り、それはしばらく消えませんでした。

僕はかなり力を入れて、無理矢理指を引き離しましたが、あなたは目を覚ましませんでした。

穏やかに眠っていました。

あなたの胸には、指の形のとおりの空洞が残りました。
あなたはその空洞を、抱き続けていました。
それを見て僕は、わけもなく胸がうずきました。
君を起こして、何か言葉を掛けたいと思いました。
でも本当は、言葉なんて一つも思いつかないのでした。
またすぐに来ます。
紙の束は、まだ残っていますから。

Y

ぼんやりした頭で、わたしは手紙を三回読んだ。そして、指の形の空洞を抱き締めている自分の姿を思い描きながら、ゆっくりまばたきした。

手紙に使われていたのは、手触りの優しい速記用の紙ではなく、電話台の引き出しから見つけてきたのだろう、ありふれたメモ用紙で、筆記用具は柔らかめの鉛筆だった。Yの指が書いた、速記ではない文字たち、くっきりとした意味をそれぞれに背負っている文字たちは、熱で弱ったわたしの目をいくらか混乱させた。まぶしすぎる雪の中で、まぶたを痛めたような気分だった。

わたしはそれを折り畳み、枕の下にしまった。

きのうに比べると気分はよくなっていたが、熱は相変わらずだった。わたしは汗でべとついた身体をきれいにしたいと思い、どうにかベッドから立ち上がった。天井が揺れていた。手足が妙にふわふわと軽く、うまくバランスが取れなかった。でもそれほど、不快ではなかった。

クッションやごみ箱や洗面台の角や、いろいろなものにぶつかりながらバスルームまでたどり着き、シャワーを浴びた。それから、きのうヒロがむいてくれたアボカドを食べた。切り口がいくらか乾燥していたが、甘いチーズのような風味があっておいしかった。でも、二切れ口に入れるのがやっとだった。

外はよく晴れて、寒そうだった。もう長い間、雨の音を聞いていなかった。誕生日に雪を見て以来、空はずっと晴れていた。朝目覚めるといつも、きのうと同じ青空だった。時間が空の上で堂々巡りをしているかのようだった。

新しいパジャマに着替え、歯を磨き、髪をとかしてからベッドに戻った。ベッドの中で、Yの指のことを思いながら、また何度か眠りに落ちた。

放課後、ビニールの買物袋を両手に提げてヒロがやってきた。彼は一個一個中身を取り出して見せた。ヨーグルト、トマトジュース、卵、林檎、プルーン、冷凍ピザ、ハーブキャンディー、ウエットティッシュ、リップクリーム、入浴剤、写真週刊誌、推理小説、知恵の輪、……。次々とあらゆる品物が姿を現わした。

「魔法の袋みたいね」

わたしはうれしくなって言った。

「お望みのものを、何でも出してさしあげましょう」

そう言って、ヒロはうやうやしく買物袋を捧げ持った。

テーブル一杯に広がった品物を適当な場所にしまってから、今度は林檎をむいてくれた。茶色に変色しないよう、塩水に漬けるのも忘れなかった。

一通り仕事が終わると、枕元で理科と英語の宿題を片付けてから、暗くなる前に帰っていった。

どうしてこんなにも眠ることができるのか不思議だった。眠りと目覚めの境目にある海を漂っているようだった。水温は生温かく、波はなく、水は清らかだった。耳元ではいつも、泡の弾けるような淡い音がしていた。

また、知らない間にYが来ていた。眠りの海をたっぷりとさまよい、ゆるやかな流れに押し戻され、目覚めの縁にもたれかかった時、ようやく彼に気づいた。

「いつの間に来てたの?」

「ついさっきだよ」

きのうと同じ場所に、同じ姿勢で、同じ表情で彼は坐っていた。セーターの抽象的な模様だけが、少し違っている気もした。わたしはすぐ指に目をやった。それは彼の膝の上で、おとなしく休んでいた。

「わたし、長い時間眠っていた?」

「そうでもないよ。でも深い眠りだった」

「どうして?」

「ぴくりとも動かなかったし、声も漏らさなかった」

「もう、夜なのかしら」

「ああ。星が出てる」

「たくさん?」

「いや、ほんの少しさ」

二人とも顔を寄せ合い、小声で喋った。

彼はきのうと同じスープを飲ませてくれた。お菓子みたいにカラフルなパッケージで、不思議な味のするスープだ。今度は注意深く匂いや舌触りを確かめながら飲んでみたが、やはり材料はよく分らなかった。果物の皮と海の風と樹液を混ぜたような匂いがし、舌の感触は洗いたての絹に似ていた。それでも、きのうよりはずっとおいしく感じた。その熱い液体は身体中を巡り、耳の奥にまで染み込んできた。

その夜の作業はなかなかリズムに乗れず、ぎこちない後味を残した。Yの指はいつもどおり完全な速記をしたが、わたしは喋ることも青い文字を読み取ることも、うまくできなかった。紙の束が今にもなくなってしまいそうで、そのことがたまらなくわたしの心を乱したのだった。

それでもどうにか、紙は生き残った。彼はその薄っぺらな紙の束を、大事に書類入れにしまった。

あとわたしに残されているのは、眠りの海に戻ることだけだった。彼は何も言わず、指を胸に置いてくれた。わたしも黙ってそれを受け取った。二人の間には指しか存在しておらず、それ以外のものはすべて、言葉も唇も微笑みも不必要に思えた。

わたしはまずそれを、自分の手でそろそろと包んだ。用心しないと、きつく締めつけすぎてしまいそうで怖かったのだ。肌と肌が透き間なく触れ合い、その感触が伝わるのに丁度いいだけの力を掌に込めた。

指は自分から動こうとはしなかった。身体のどこかを探ろうとしたり、何かをつかもうとしたり、払いのけたり求めたり、そういう意志は息をひそめていた。わたしが感じ取れるのは、指そのものだけだった。

胸の中にある指は、速記している時よりも一回り大きく感じられた。それはほとんどわたしの胸を覆いつくしていた。でも少しも息苦しくなく、反対に身体全体を抱き上げられているかのような安堵感があった。

夜はどんどん深まっていった。下の公園の水たまりが凍りついてゆく音さえ、聞こえてきそうだった。隣のモデルは一週間前、子猫と一緒に引っ越していた。この夜の中で、わたしたちを邪魔するものは何も残っていないのだった。やっぱりYの指のまわりはいつも静かなんだと、指に包まれた胸の奥でわたしはつぶやいた。

わたしはそれらが、どんなに忠実に青い文字を生み出してゆくか思い浮かべながら、小指から順番に一本一本撫でていった。爪の感触や関節の形や微妙な長さのバランスを、残らず感じ取っていった。皮膚はいくらかひんやりし、潤いがあった。しずく型のあざの所だけ、確かに感触が違っていた。目を閉じていても、すぐにあのあざだと分った。ごくわずかな厚みがあり、きめが細かくて、温かかった。

小指から親指へ、親指から小指へたどり着くと、もうそこが指の世界の終わりだった。それはどんな力でも歪めることのできない、完全な形で完結していた。全部の指を巡るのにどれくらいの時間がかかったのか、わたしには計れなかった。ささやかな世界をなぞっただけのような気もしたし、深い森をさ迷ったような気もした。でも、そんなことはたいした意味を持っていなかった。わたしの胸の中で指が完結していることに、感謝するべきだった。

その次、自分が何をしてあげたらいいのか、一瞬途方に暮れた。指が自分からは何も求めてこなかったからだ。もしかしたら指が一番待ち望んでいることを、やり忘れているかもしれないという気がして不安だった。誰かに身体を愛してもらうことには、少しは慣れていたけれど、愛してあげることには、——しかも指を——慣れていなかったのだ。

わたしはYを見た。でもそれは無駄なことだとすぐに気づいた。彼は何も見ていなかったし、何も感じていなかった。指をわたしに預けてしまった彼は、月の光に照らされた弱々しい影と同じだった。指のためだけに存在している影だった。

スープが熱いゼリーのようになって耳の奥を覆い、わたしを眠りに誘っていた。眠りに戻る前にもう一度、指を両手で包んだ。これを残してゆくわけにはいかないのだった。もう余計な心配をするのはやめて、好きなように指と過ごすことに決めた。すると急に心が軽くなり、眠りの海がひたひたと足首を濡らし始めた。わたしは指をしっかりと抱え、海の中へ身体を沈めた。

16

長い眠りから覚めると、やはりわたしの胸は空洞になっていた。それはほっそりとして、もの淋しげではあるが、以前そこに何があったか思い出すのにしばらく時間がかかるくらい、存在感のある空洞だった。手を握ったり広げたりして、ゆうべの感触を呼び戻そうとしたが、残っているのはただその明らかな空洞感だけだった。

実際、きのうのことを順序立てて思い出すには、頭が混乱しすぎていた。わたしは深呼吸をし、何度かまばたきをし、身体の向きを窓側に変えてから枕元に目をやった。でも、手紙はなかった。窓の向こうの青空を、小鳥が一羽横切っていった。

「きのうの朝は、そう、確かにきのうの朝は、置き手紙があったはずだわ」

とつぶやきながら、枕の下に手をのばしてみたが、何もなかった。わたしはため息をついた。手紙の中のたった一行でさえ、暗唱することができなかった。

眠っているすきに、きっとYが持ち出してしまったのだろう。手紙を書いたあとで、急に恥ずかしくなって、取り戻したいと思うのはよくあることだから……と、わたしは自分に言い聞かせた。

熱はまだあったが、お腹が空いていた。きのう食べたのは、アボカドと林檎とスープだけだということは、すぐに思い出せた。わたしは冷蔵庫を開け、食べられそうなものは全部口に入れた。アボカドも林檎もすっかり干からびていたが、腐ってはいなかった。プルーンが一つかみ、ヨーグルトが半パック、トースターで温めた冷凍パンが三個、空っぽの胃の中に吸い込まれていった。

お腹が一杯になると、いろいろな心配事がふつふつと湧き出してきた。どうしてついきのうの記憶が、こんなにもぼやけているのだろう。熱はいつになったら下がるのだろう。Yはどこへ行ってしまったのだろう。また会えるのだろうか。そして、紙の束がなくなってしまったら、どうなるのだろう。……という具合に。

熱で足元はふらついていたが、思い切って『議事録発行センター・速記の会』を訪ねてみることにした。このままベッドに戻っても、数えきれない心配事のせいで、身体を休めることなどできそうにもなかったし、そこへ行けばいくらか混乱が収まりそうな予感がしたからだ。わたしはF病院の病室でYにもらった名刺一枚だけを持って、家を出た。

住所から、そこが港に近い街だという見当はついた。F耳鼻咽喉科病院とも、ホテルとも、そしてたぶん博物館や水産試験場とも方角の違う、小さな街だ。

一時間ほど電車に乗り、その街に降り立つと、まず駅前の書店で地図を買った。メインストリートが四本、商店街が一つ、工場、倉庫、港、そして海があるだけの、分りやすい地図だった。速記の会の番地は、駅から十五分くらい離れた、かなり海に近い殺風景な場所を指していた。とにかくわたしは、歩き始めた。

街路樹はみずみずしく、歩道は広々として清潔だった。道沿いには食堂やクリーニング店や釣り道具屋が並んでいた。すれ違う人たちはみんな、冬の柔らかい陽射しをできるだけたくさん浴びようとするかのように、のんびりと歩いていた。わたしが熱でふらふらしていることや、指の空洞を抱いたまま目覚めたことや、その指を求めて見知らぬ街を歩いていることになど、誰も気づきもしなかった。わたしのまわりだけ陽射しがよじれ、暗がりの沼が広がっているような気分だった。

しばらく行くと海の匂いがし始め、あたりには倉庫が連なるようになった。倉庫の尖った屋根の向こうには貨物船が浮かび、かもめが飛びかっていた。『議事録発行センター・速記の会』というのは、どんな形をした建物なのだろうと、わたしは思った。でも、具体的な輪郭を何一つ思い浮かべることができなかった。

名刺と電信柱の番地表示板と地図を順番に見くらべながら、かなり長い時間わたしは倉庫の間をさまよった。魚やセメントや調味料や、さまざまな物を保管する倉庫があり、フォークリフトが荷物を運び入れたり、運び出したりしていた。時々汽笛が聞こえた。

結局、『議事録発行センター・速記の会』はどこにもなかった。名刺の番地にあったのは、倉庫を改造したアンティークの家具屋だった。わたしはその家具屋の前にたたずみ、五回くらい番地を確かめ、それから一つ長い息を吐いた。しかし、たいした落胆も驚きも不安もなかった。ジャスミンの部屋や博物館や水産試験場にくらべれば、そこにはいくらかしっかりした存在感があるように思えたからだ。

壁は焼き煉瓦で覆われ、明かりとりの窓にはすりガラスがはめ込まれ、屋根の上では風見鶏が回っていた。それ以外余計な飾りはなく、シンプルな外観だった。玄関の扉は分厚くて重そうな樫の木製で、ノブに『定休日』の札が掛かっていた。試しにノブを押してみたが、びくともしなかった。

仕方なく裏口へ回ってみた。そこには古めかしい家具が積み上げてあり、白髪を短く刈り込んだ小柄なおじいさんが、整理ダンスの引き出しの狂いを修理していた。

「お仕事中、申し訳ありません」

わたしはおじいさんの背中に声を掛けてみた。

「なんだい」

のみを持った手を休め、振り返りながら彼は言った。額の皺に汗がにじんでいた。

「ここの、お店の方ですか？」

「いや。わたしはただの、雇われ家具職人だよ」

彼は立ち上がり、首に巻いたタオルで汗をぬぐった。腰のベルトに金槌や木槌やペンチがぶら下っていた。

「ここはイギリス人のクラーレルさんっていう人がやってる店だけど、残念ながら今日は休みで、わたしより他には誰もいないんだ」

「そうですか……」

わたしは足元に落ちている木の削り屑を、つま先でつついた。

「何か用があったのかい？　わたしでよかったら伝えとくよ」

「いいえ、用事っていうほどのこともないんです。ただちょっと、お聞きしたいことがあって……」

「ああ、知ってることなら何でも答えてあげるよ。その前に、ちょっとあんた、ここに坐りなよ。顔色がよくないみたいだけど、具合でも悪いんじゃないのかい？」

おじいさんは家具の山の中から、肘当てのついた布張りの椅子を取り出し、タオルで埃を払ってからわたしに勧めてくれた。

「ありがとうございます」

「脚の修理がまだすんでないから、ちょっとぐらぐらするけど、まあとにかく坐ったほうがいいよ」

確かに少しバランスは悪かったが、クッションが柔らかくて坐り心地のいい椅子だった。おじいさんは道具箱の蓋を閉めて、その上に腰を下ろした。

「ここはもう、家具屋さんになって長いんですか」

「いいや。まだ、二年かそこらだ」

「じゃあ、その前は何だったんですか」

「倉庫だよ。缶詰の倉庫」

「缶詰？」

「ああ。わたしは隣の街で家具を作ってるんだけど、クラーレルさんに頼まれて時々修理にここへ来てるんだ。ここが開店したばっかりの頃、まだ半分は倉庫のままで残ってたんだ。一階が骨董の家具屋で、二階が果物の缶詰、三階がスープの缶詰。妙な感じだった。百年前の洋服ダンスと缶詰が同居してるなんてさ。缶詰は段々に出荷されていって、少なくなっていって、それでとうとう全部が家具屋になったってわけさ」

「なるほど……」

わたしは胸の奥で、大切な暗号をつぶやくように、スープの缶詰、スープの缶詰と繰り返した。

「そのスープの缶詰がどんなパッケージだったか、覚えていらっしゃいませんか」

「えっ？　そんなもの覚えてないなあ」

「銀色やオレンジの、派手なお菓子みたいな缶詰じゃなかったですか？」

「まあ、そう言われたらそんな気もするけど……。でも、それがそんなに大事なことなのかい？」

「いいえ、そういうわけじゃあ……」

わたしは弱々しく首を横に振った。自分でもスープの缶詰が何を意味するかなんて、全然分らなかったのだ。

「何か、厄介な事情がありそうだな」

おじいさんは頬杖をついて、下からわたしを覗き込んだ。腰の金槌とペンチが触れ合って、カチカチ小さな音がした。

「たいした事情じゃありません。でも、言葉で説明するのはとても難しいんです」

「そうかい。じゃあ、無理に言葉にしようなんて思わないことだな。無理は身体にもよくない」

そう言って、おじいさんはわたしの肩に手を置いた。がっちりして、微かに木の香りがする手だった。

「もう一つだけ、聞きたいことがあるんです。『議事録発行センター・速記の会』っていうのを、ご存じないですか」

「ソッキ？　なんだい、そりゃあ」

「速記。人が喋っているのを、書き写すんです。特別な文字を使って、速く書くんです」

「へえ……」

おじいさんはため息とも言葉ともつかない声をもらした。

「その『議事録発行センター・速記の会』っていう名称なり、建物なり、看板なり、何についてでもいいんです。思い当たることはありませんか」

彼は眉の間に皺を寄せ、しばらく考えていた。でも、本当に速記について考えているわけではなさそうだった。ただわたしをあまりにもすぐがっかりさせないために、少し時間を稼いでいるだけのように見えた。

「知らないなあ」

ぽつりと彼は言った。彼の背中の向こうに、細長く海が広がっていた。その海を見つめながらわたしは、自分が少しもがっかりしていないことに気づいた。自分の前に確かに存在しているのはYの指だけで、ジャスミンの部屋も博物館も水産試験場も速記の会も、全部ぼやけた記憶のようなものだということを、感じ取っていたからだ。

「力になれなくて、悪いね」

「とんでもない。速記の会にたどり着けなかったのは、誰のせいでもないんですから」

わたしは微笑んだ。そして、もっと重大なことは、その確かな指でさえ、わたしの前から消えようとしていることなんですと、心の中でつぶやいた。

「もしよかったら、中を見ていったらどうだい。せっかくここまで来たんだからさ。何かの役に立つこともあるだろう。ほとんどがイギリスの家具で、小物も少しはある。銀食器や時計やアクセサリーや、そういうのさ。品は保証するよ。少々がたがきてたって、わたしがちょっと手を加えりゃあ、元通りさ。この裏口から入ればいい。中は暗いから、足元に気をつけなよ」

「ありがとうございます。お仕事の邪魔をして、申し訳ありませんでした」

「なんの、なんの。それより、身体は大丈夫かい？」

「ええ。ちょっと、耳を患っているだけですから。こんな上等な椅子で休ませてもらったおかげで、落ち着きました」

「へえ、耳かい。大事にしなよ。たかだか耳っていっても、あなどれないからな」

そう言っておじいさんは道具箱から立ち上がり、裏口の戸を一杯に開けてくれた。


中は思ったよりも奥が深く、薄暗かった。そしてアンティークの家具が、無造作に部屋中を埋めつくしていた。家具と家具の間を通り抜けるのに苦労するくらいだった。店というよりは、家具の吹き溜まりのような場所だった。

わたしはゆっくりと中へ入っていった。一歩踏み出すごとに、板を張った床がみしみしと軋んだ。家具たちからにじみ出てくる、古びた木と塗料と時間の香りが混ざり合い、あたりを満たしていた。空気の密度がどんどん濃くなってゆくのが分った。それは淀んだままどこへも流れず、わたしの肩や足をしっとりと包んだ。

壁も天井も板がむき出しで、倉庫だった頃の面影を残していた。小さな白熱電灯と、すりガラスを通して入ってくる外の光が、家具とわたしの足元を弱々しく照らしていた。ざっと見渡すと、一階にあるのはカップボード、飾り棚、ダイニングテーブル、サイドテーブルなどの類だった。どれもが息をひそめ、深い眠りに落ちているかのように、しんとしていた。

わたしは一つ一つの家具を見て回った。それらはどれも立派なものだった。どっしりしていて、装飾が細やかで、手入れが行き届いていた。長い年月の間についた傷は丁寧に磨き込まれ、深い味わいを醸し出していた。わたしはカップボードのカウンターや、飾り棚の把手に触れてみた。どれもがひんやりとしていた。

細い通路を縫ってゆくと、段々家具の迷路に迷い込んだような気分になってきた。まわりを全部、テーブルの足や戸棚のガラスや引き出しに取り囲まれ、入り口も出口も見えなかった。

わたしは耳を澄ませてみた。おじいさんが木を削る音とかもめの声が、幻聴のように遠くに響いていた。どんな騒音でも構わないから、もっと日常的でリアルな音を聞きたいと思った。でも、木とかもめの音より他には何も聞こえなかった。わたしは勇気を出して、もっと奥へ進んでいった。

しばらくするとようやく、ちょっとした空間に出た。そこはレジになっていて、伝票やペン立てやホッチキスやレジスターの上には、白い布がかぶせてあった。そのレジの横から階段がのびていた。

窮屈で不安定で埃っぽい階段だった。そこを慎重に上ってゆくと、二階にもまた家具があふれていた。ライティングビューローや本箱や洋服ダンスの類だった。

下にくらべると二階は天井が低く、そのせいで余計に空気が沈み込んでいた。部屋の隅々に、古い時間が降り積もっているようだった。

わたしは試しに洋服ダンスの一つを開けてみた。ぎしぎしと、哀しげな音がした。中に、葡萄模様を彫り込んだハンガーが二つ掛けてあった。本箱のいくつかには、洋書が数冊残されていた。

その隣のライティングビューローには、万年筆やインク壺と一緒に写真立てがのっていた。銀色のフレームの高価な写真立てだった。中に古い写真が一枚入っていた。わたしはそろそろと、それに手をのばした。

写っていたのは、おそろいのセーターを着た、兄弟らしい少年二人だった。日当たりのいい石造りのベランダのような場所で、彼らは寄り添い、まぶしげに目を細めて微笑んでいた。二人の後ろには、大きな窓とフリルのついたレースのカーテンが見えた。わたしはもう少し、写真を近づけた。あの、バルコニーだわと、わたしはつぶやいた。そして、弟の方は、ヴァイオリンを弾いてくれた十三歳の少年だった。

わたしはフレームを強くつかんだ。もう一人の少年は誰なのだろう。白熱電灯のわずかな光を頼りに、彼の顔をもっとよく見ようとしたが、そこだけ影が差したように、写真は変色しぼやけていた。しかし彼の指だけは、くっきりと写し出されていた。それは、Yの指だった。

わたしは写真を元に戻し、深呼吸をした。胸がどんどん高鳴ってゆくのが分った。十三歳の少年や、バルコニーや、ジャスミンの部屋や、Yの指について、順番にゆっくり思い返してみたいと思った。でもどうしようもなく、胸が苦しくて、めまいがするばかりだった。

その時、例のスープの匂いがしたように思った。匂いともいえない微かな感触だったが、古びた空気の中を確かに横切っていった。缶詰の倉庫だった頃の匂いがまだ残っているのだろうか、と思いながらわたしはあたりを見回した。そして、その匂いに誘われるように、三階へ向かった。

三階は屋根裏になっていて、はしごを昇らなければいけなかった。わたしはパンプスのかかととスカートの裾を気にしながら、屋根裏へ入った。はしごの脇に『商品が崩れ落ちることがあります。ご注意下さい』という看板が掛けてあった。

そこは椅子の山だった。すべてが椅子だった。ダイニングチェアーや安楽椅子やソファーや、背もたれの高いのや低いのや、布張りのや革張りのや、丸椅子や四角い椅子や、貴族趣味なのや慎ましいのや、あらゆる椅子が重なり合い、逆さまになり、斜めになりして、微妙なバランスを保っていた。前衛演劇の舞台装置のようでもあり、うらぶれた廃棄物処理場のようでもあった。どこかに少しでも触れると、ガラガラと崩れてしまいそうで怖かった。わたしはその前に立ちつくすだけで、とても奥にまで足を踏み入れることはできなかった。

わたしはこの椅子一つ一つに腰掛けた無数の人たちの、境遇や生活や表情や感情について思いを巡らせてみた。でもそれはあまりにも広大な想像で、実際には何も頭に浮かんでこないのだった。わたしに分るのは、この椅子の過ごしてきた記憶が、今はもうすべてぬけ殻になって、こうして積み上げられているということだけだった。

わたしは山に触れないよう注意しながら、その周りを歩いてみた。重なり合った椅子の透き間に靴音が吸い込まれていった。おじいさんが仕事をする音も海の音もずっと下へ遠のき、わたし以外に空気を震わせるものはもうなかった。天窓から四角い小さな空が見えた。もれてくる光が、舞い上がる埃を照らしていた。

山の頂上のあたり、ほとんど天井に触れている所に、ウインザーチェアーが引っかかっていた。背板と四本の脚が、他の椅子たちと複雑に絡み合っていた。危なげな山の中でも、それは特別不安定な所に留まっていた。わたしはしばらく立ち止まり、そこを見つめていた。ウインザーチェアーに見覚えがあったからだ。

それはあのホテルのバルコニーの、踊り場に飾ってあった物と、確かに同じだった。手に触れてみなくても、しっかりとした脚の付け根や、背もたれの曲線の美しさや、塗料の色合いを、感じ取ることができた。よく目を凝らすと、一輪のジャスミンの彫刻も、薄暗い中に浮かび上がってきた。

わたしは目を閉じた。自分の居る場所がどこなのか、それを考えるのが怖かったのだ。何かを考えたり、つじつまを合わせようとしたりしては駄目なんだと、自分に言い聞かせた。

どれくらいそのままでいたのだろう。次、目を開いた時には、山から離れた壁ぎわにぽつんと置いてある、ロッキングチェアーが見えた。

一段と古い品だった。身体の触れる部分は塗料が変色し、黒光りしていた。背もたれに彫られた模様はうっすらと消えかかり、脚を止める金具は錆ついていた。でも決して粗末なものではなく、堂々として気品を漂わせていた。そして上には、ヴァイオリンがのっていた。

わたしは最初、それがヴァイオリンだとは気づかなかった。ロッキングチェアーの装飾の一部のように見えた。それくらいさり気なく、二つは溶け合っていた。

そっと、ヴァイオリンを手に取った。思っていたよりもずっと軽く、華奢だった。力を入れすぎないよう気をつけながら横抱きにし、その繊細な丸みや手触りや弦の張りを、順番に確かめていった。耳の奥に棲みついている大切な記憶を、ひととき両手で抱き寄せているような気持だった。

わたしは耳に残っているヴァイオリンの音色を、もう一度呼び戻してみた。余計な音が何もないおかげで、まるで腕の中のヴァイオリンが鳴っているかのように鮮やかに、それは響いてきた。わたしはたっぷりとそれを味わい、耳の奥にまで染み込ませたあと、ヴァイオリンを元の場所に返した。ロッキングチェアーが小さく揺れた。そしてあとには、静けさだけが残った。

17

アンティークの家具屋からどうやって家に帰り着いたのか、思い返せないくらいに疲れきり、服も着替えず、皺だらけになった『議事録発行センター・速記の会』の名刺を左手に握ったまま、わたしはベッドに倒れ込んだ。あそこに満ちていた古い記憶の蒸気が、いつまでもわたしにまとわりつき、身体を燻しているかのようだった。目を閉じると、まず白熱灯のぼやけた光がよみがえり、その中にローチェストやティーテーブルやサイドボードが一つ一つ浮かび上がってきた。そしてどこまでも光をたどってゆくと、行き止まりには、写真とウインザーチェアーとヴァイオリンが見えてくるのだった。

その風景は目蓋の裏側を、繰り返し繰り返し流れていった。窓の向こうは、夜に染まろうとしていた。

最後の速記をするために、Yがやって来た。彼は、こんばんは、とも言わず、ずっと前からそこでわたしを見ていたかのような穏やかな表情で、枕元に腰を下ろした。手にはすでに、残り一回分の紙の束とボールペンが握られていた。

わたしは家具屋の風景を消すためにまばたきした。ドアノブのカチリという音も、足音も、息遣いも聞こえなかった。何も聞こえないせいで余計に、わたしは自分の耳を強く感じることができた。空気の震えが、音にならないまま鼓膜の表面で溶けてゆく、染みるような感触を味わうことができた。

わたしたちは二人とも、しばらく黙っていた。言葉がうまく浮かんでこなかった。どんな言葉も、自分の耳を傷つけてしまいそうで怖かった。わたしはただひたすらに、彼の指を見つめた。

左の親指と人差し指は、綴じ紐の結び目をはさみ、残りの指は紙の角を包んでいた。右の指はそれぞれ微妙な曲線を描きながら、いとおしいものを抱き抱えるように、ボールペンを握っていた。セーターの袖口からは、赤いしずくの先だけが、ほんの少しのぞいていた。

「さあ、いつ始めてもいいんだよ」

最初に口を開いたのはYだった。彼の声は音としてではなく、言葉として耳に響いてきた。音は鼓膜の上で溶け、言葉だけがそこからゆっくりと浸透してきたのだった。

「どうしても、始めなければならないのかしら」

彼の言葉が全部染み込んでくるのを待ってから、わたしは言った。

「ひきのばすことには、何の意味もないんだ。ここでは、すべてがあらかじめ定められているんだから」

「ここって、どこ?」

「君と僕が今いる場所さ」

「ここは、何の変哲もない、ただのわたしの部屋だわ」

「そういう次元のことを言っているんじゃないんだ」

彼は目を伏せ、右手でボールペンを転がした。それは二、三度掌の上を行き来したあと、また指の間に収まった。

「君は今、君の記憶の中にいるんだ」

目を伏せたまま、彼は言った。

「キオク……」

わたしはつぶやいた。その言葉だけが、鼓膜の網の目を通り抜けられないまま、いつまでも耳の途中で淀んでいるような気がした。小さく頭を振ってみたが、その淀みは消えなかった。

「このベッドも、名刺も、あのダイニングテーブルもベランダも、それからあなたの指も、全部記憶なの？」

「そうだよ。君は自分の記憶の中に紛れ込んでしまったのさ。本当なら記憶はいつでも、君の後ろ側に積み重なっていくものなんだ。ところがちょっとしたすきに、耳を抜け道にして、記憶が君を追い越してしまった。もしかしたら反対に、君があとずさりしたのかもしれない。どっちなのか、それは僕にも分らないけど、でも、心配はいらない。いずれにしても、君自身と記憶の関係が、少しばかりねじれているだけだからね」

安心させるように彼は、腰をかがめ、口元に微笑みを浮かべながらわたしをのぞき込んだ。

「それじゃあわたしは、これからどうしたらいいの？」

「何もしなくていいんだよ。何かしなくちゃならないのは、僕の指だけさ。君は僕の指に語りかけてくれるだけでいい。今まで通りにね」

「でも、わたし、怖いの」

「どうして」

「紙の束が、もうなくなってしまいそうだからよ。なくなってしまったあとどうなるのか、それを知るのが怖いの」

「怖いことなんてないさ」

彼はゆったりとした抑揚をつけてそう言った。

「元の場所へ帰るだけさ。ただそれだけのことだよ」

「元の場所？」

「そう。ここへ来る前にいた場所。記憶と君の位置が、きちんと守られている場所」

「あなたは？　あなたはどうなるの？」

「僕はここへ残る。僕は元から、ここにいたんだ。どこへ行く必要もない」

わたしは彼の唇を見ていた。そこからこぼれ落ちてくる言葉たちを、できるだけくまなくすくい取りたいと思った。でもわたしの中に残るのはただ、やりきれない哀しさだけだった。

「わたしも一緒に残りたい」

「それは無理だよ」

「どうして」

「さっきも言っただろ。ここではすべてが、あらかじめ定められているんだ。ここは記憶なんだ。いくら君自身でも、どうすることもできない」

「あなたと、……あなたの指と、離れたくないの」

わたしは起き上がろうとした。でも、古い時間に燻された身体は重苦しく、片腕さえ満足に持ち上げることができなかった。

「僕たちは、離れ離れになってしまうわけじゃないんだよ。だってそうだろ。君は自分の記憶と、離れることなんてできないんだから」

彼は紙の束を膝の上に置き、左手でわたしの耳を包んだ。指先の一本一本がこわばった耳を温めた。

「もう、怖くなんてないだろ?」

指先から彼の声が響いてきた。その響きに耳を澄ませながら、わたしはうなずいた。

最後の速記が終わった時、彼が最後の一枚を青い文字で埋め尽くし、ボールペンのキャップを閉めた時、わたしは名残りを惜しむように彼の指を抱き寄せた。ボールペンが床に落ちる、微かな音を聞いた気がした。

もうすぐそこまで、眠りが近づいていた。どんなに強く胸に指を閉じ込めても、その感触は薄れてゆくばかりだった。どんどん空洞になってゆく自分の胸を抱き締めながら、わたしは眠りに落ちていった。

次の日、目が覚めると、もうどこにも指はなかった。

18

診察室を出て待合室に戻ると、ヒロはソファーでスポーツ雑誌のサッカー特集を読んでいた。

「もうこれきり、薬も飲まなくていいし、通院もしなくていいって、言われたわ」

隣に腰掛けながら、わたしは言った。

「本当？　よかったね」

ヒロは雑誌をばたんと閉じると、高い天井に一直線で届くような大きな声を出した。

「叔母さんの耳は、もう後戻りしないんだね」

「そうよ」

わたしは伸びをし、深く息を吸い込んだ。天井に掛かっている、耳のレリーフが目に入った。耳の輪郭があり、外耳道があり、鼓膜があり、かたつむり管があった。複雑に入り組んだ、地図のようだった。

「どうにか、迷路を抜け出せたんだね」

レリーフに目をやったまま、わたしはうなずいた。

「本当だね」

何度確かめても安心できないというように、ヒロは念を押した。

「戻りたくても、戻れないのよ」

わたしはつぶやいた。

喉に包帯を巻いたおばあさんが、前のソファーでうつらうつらしていた。小学生の男の子が、ヴォリュームを絞ったテレビで漫画を見ていた。看護婦が一人、廊下の奥へ消えていった。

「さあ、行こう」

ヒロはナップザックを背負った。わたしたちは、音のないF病院を後にした。

「余白の愛」
一九九一年一一月　福武書店
一九九三年一一月　福武文庫

中公文庫

余《よ》白《はく》の愛《あい》

2004年 6 月25日　初版発行
2022年 9 月30日　10刷発行

著　者　小《お》川《がわ》 洋《よう》子《こ》

発行者　安 部 順 一

発行所　中央公論新社
〒100-8152　東京都千代田区大手町 1-7-1
電話　販売 03-5299-1730　編集 03-5299-1890
URL https://www.chuko.co.jp/

DTP　高木真木
印　刷　三晃印刷
製　本　小泉製本

Published by CHUOKORON-SHINSHA, INC.
Printed in Japan　ISBN978-4-12-204379-4 C1193

各書目の下段の数字はISBNコードです。978－4－12が省略してあります。

中公文庫既刊より

お-51-1
シュガータイム
小川洋子
わたしは奇妙な日記をつけ始めた——とめどない食欲に憑かれた女子学生のスタティックな日常、青春最後の日々を流れる透明な時間をデリケートに描く。
202086-3

お-51-2
寡黙な死骸 みだらな弔い
小川洋子
鞄職人は心臓を採寸し、内科医の白衣から秘密がこぼれ落ちる…時計塔のある街で紡がれる密やかで残酷な弔いの儀式。清冽な迷宮へと誘う連作短篇集。
204178-3

お-51-4
完璧な病室
小川洋子
病に冒された弟と姉との最後の日々を描く表題作、海燕新人文学賞受賞のデビュー作「揚羽蝶が壊れる時」ほか、透きとおるほどに繊細な最初期の四短篇収録。
204443-2

お-51-5
ミーナの行進
小川洋子
美しくて、かよわくて、本を愛したミーナ。あなたとの思い出は、損なわれることがない——懐かしい時代に育まれた、ふたりの少女と、家族の物語。谷崎潤一郎賞受賞作。
205158-4

お-51-6
人質の朗読会
小川洋子
慎み深い拍手で始まる朗読会。耳を澄ませるのは人質たちと見張り役の犯人、そして……。しみじみと深く胸を打つ、祈りにも似た小説世界。〈解説〉佐藤隆太
205912-2

お-51-7
あとは切手を、一枚貼るだけ
小川洋子
堀江敏幸
交わす言葉、愛し合った記憶、離ればなれの二人の哀しい秘密——互いの声に耳を澄まして編み上げたのは、純水のように豊かな小説世界。著者特別対談収録。
207215-2

ほ-16-1
回送電車
堀江敏幸
評論とエッセイ、小説。その「はざま」にある何かを求め、文学の諸領域を軽やかに横断する——著者の本領が発揮された、軽やかでゆるやかな散文集。
204989-5

ほ-16-6
正弦曲線　堀江敏幸
サイン、コサイン、タンジェント。この秘密の呪文で始動する、規則正しい波形のように――暮らしはめぐる。思いもめぐる。第61回読売文学賞受賞作。
205865-1

か-57-1
物語が、始まる　川上弘美
砂場で拾った〈雛型〉との不思議なラブ・ストーリーを描く表題作ほか、奇妙で、ユーモラスで、どこか哀しい四つの幻想譚。芥川賞作家の処女短篇集。
203495-2

か-57-2
神様　川上弘美
四季おりおりに現れる不思議な生き物たちとのふれあいと別れを描く、うららでせつない九つの物語。ドゥ・マゴ文学賞、紫式部文学賞受賞。
203905-6

か-57-4
光ってみえるもの、あれは　川上弘美
いつだって〈ふつう〉なのに、なんだか不自由……。生きることへの小さな違和感を抱えた、江戸翠、十六歳の夏。みずみずしい青春と家族の物語。
204759-4

か-57-5
夜の公園　川上弘美
わたしいま、しあわせなのかな。寄り添っているのに、届かないのはなぜ。たゆたい、変わりゆく男女の関係をそれぞれの視点で描き、恋愛の現実に深く分け入る長篇。
205137-9

か-57-6
これでよろしくて？　川上弘美
主婦の菜月は女たちの奇妙な会合に誘われて……夫婦、嫁姑、同僚。人との関わりに戸惑いを覚える貴女に好適。コミカルで奥深いガールズトーク小説。
205703-6

か-61-1
愛してるなんていうわけないだろ　角田光代
時間を気にせず靴を履き、いつでも自由な夜の中に飛び出していけるよう…好きな人のもとへ、タクシーをぶっ飛ばすのだ！　エッセイデビュー作の復刊。
203611-6

か-61-2
夜をゆく飛行機　角田光代
谷島酒店の四女里々子には「ぴょん吉」と名付けた弟がいて……うとましいけれど憎めない、古ぼけてるから懐かしい家族の日々を温かに描く長篇小説。
205146-1

各書目の下段の数字はＩＳＢＮコードです。978－4－12が省略してあります。

か-61-4
月と雷
角田光代
幼い頃暮らしをともにした見知らぬ女と男の子。再び現れたふたりを前に、泰子の今のしあわせが揺らいで……偶然がもたらす人生の変転を描く長編小説。
206120-0

か-61-3
八日目の蟬《せみ》
角田光代
逃げて、逃げて、逃げのびたら、私はあなたの母になれるだろうか……。心ゆさぶるラストまで息もつがせぬ傑作長編。第二回中央公論文芸賞受賞作。〈解説〉池澤夏樹
205425-7

ほ-12-1
季節の記憶
保坂和志
ぶらりぶらりと歩きながら、語らいながら、うつらうつらと静かに時間が流れていく。鎌倉・稲村が崎を舞台に、父と息子の初秋から冬のある季節を描く。
203497-6

ほ-12-2
プレーンソング
保坂和志
猫と競馬とともに生きる、四人の若者の奇妙な共同生活。〝社会性〟はゼロに近いけれど、神の恩寵のような日々を送る若者たちを書いたデビュー作。
203644-4

む-4-3
中国行きのスロウ・ボート
村上春樹
１９８３年――友よ、ぼくらは時代の唄に出会う。中国人とのふとした出会いを通して青春の追憶と内なる魂の旅を描く表題作他六篇。著者初の短篇集。
202840-1

よ-25-1
ＴＵＧＵＭＩ
吉本ばなな
病弱で生意気な美少女つぐみと海辺の故郷で過した最後の日々。二度とかえらない少女たちの輝かしい季節を描く切なく透明な物語。〈解説〉安原顯
201883-9

よ-25-2
ハチ公の最後の恋人
吉本ばなな
祖母の予言通りに、インドから来た青年ハチと出会った私は、彼の「最後の恋人」になった……。約束された至高の恋。求め合う魂の邂逅を描く愛の物語。
203207-1

よ-25-5
サウスポイント
よしもとばなな
初恋の少年に送った手紙の一節が、時を超えて私の耳に届いた。〈世界の果て〉で出会ったのは……。ハワイ島を舞台に、奇跡のような恋と魂の輝きを描いた物語。
205462-2